U0926196

有爱的青春陪伴者

# 敦煌有梦

DUN HUANG YOU MENG

于正 ◆ 著

YUZHENG ZHU

江苏凤凰文艺出版社
JIANGSU PHOENIX LITERATURE AND ART PUBLISHING

图书在版编目（CIP）数据

敦煌有梦 / 于正著. -- 南京 : 江苏凤凰文艺出版社, 2022.4
ISBN 978-7-5594-6381-4

Ⅰ. ①敦… Ⅱ. ①于… Ⅲ. ①言情小说－中国－当代
Ⅳ. ①I247.5

中国版本图书馆CIP数据核字(2021)第231444号

**敦煌有梦**

于 正 著

责任编辑 王昕宁
特约编辑 廖 妍
责任校对 彭 佳
出版发行 江苏凤凰文艺出版社
南京市中央路165号，邮编：210009
网 址 http://www.jswenyi.com
印 刷 长沙鸿发印务实业有限公司
开 本 880mm×1230mm 1/32
印 张 9
字 数 179千字
版 次 2022年4月第1版
印 次 2022年4月第1次印刷
书 号 ISBN 978-7-5594-6381-4
定 价 49.80元

第零章

# 引子

他觉得他的神思已经飘入其中，随着壁画中缭绕的云雾升腾，再升腾……

傅小川望着眼前被风霜侵蚀了千年却依旧大气的壁画，心中忍不住赞叹，古人的胸襟该有多辽阔，智慧该有多高超，才能创造出这么多匪夷所思的奇迹。

**恍惚间，他觉得他的神思已经飘入其中，随着壁画中缭绕的云雾升腾，再升腾……**

## 胡灵·小川

比起他们来，我们真的幸运太多了，
生活在和平的年代，没有封建礼教的束缚，
还能这样幸福地守在一起，简直就是得天独厚。
胡灵，我不会再跟你吵架了，
我会一直在你身边，直到死亡把我们分开。

杨佩筠
《周易》乾卦第五爻中的九五是
『飞龙在天，立现大人。』
这一爻是整个《周易》六十四卦中最吉利的一卦，
那么在九五之前的九四是什么卦呢？
要经历什么才能飞龙在天呢？
傅山说，是或跃在渊，无咎。
也就是说，你跌到谷底了，
才能爬起来承接更好的运势，
他觉得她马上要走大运了。

## 翠枝·玉英

我其实很感激你，要不是你把我关进了辛者库，
我永远不会明白人生的真谛——人不可能永远赢，
即使一直赢也会败给时间，败给少年。

翠枝姐姐，其实我从来没有打败过你，
真正打败你的是岁月，它不止打败你，也打败所有人。

## 莲修·香漪

六十大寿那一年，有个买办来推销东西，顺便送了一幅画给她。
当她打开画的一瞬，就知道那是他画的，
他这些年走遍了很多地方，头发越来越白，胡子也越来越白。
他用他独特的方式来给她报平安，
至此每年一幅，再也没有停歇过，
直到她七十五岁去世。

他就着墓道里微弱的夜明珠，把他们的故事画成了壁画。
画完的那一刻，他已经油尽灯枯，
他拼尽最后一丝力气推开棺盖，紧紧地抱住香漪，将棺盖合上了。
他想，这下他们再也分不开了。

他永远也不会知道燕绥是多年前
他在战场上救下来的那个小女孩，

她跟周贵从来没有任何关系，
她爱的是他，她了解他，
所以即使是为他去做一件事，
她也不想他有任何后顾之忧。

他是她女扮男装之后第一个
掀开她衣服的男人，

也是第一个要带她去西安看古城的男人，
更是第一个令她全情投入的男人。
她迷恋他的单纯、幽默、好玩……
他总是在她忙碌的时候悄然退去，
在她寂寞的时候将她紧紧相拥。

# 目录

# 目录

# 第一章 小川

那是他从来没有见过的景象，
美且空灵……

傅小川自小就不相信情感，他觉得情感这东西就像流水，要是流动着它就流走了，要是停下来它就干涸了，几乎没有什么能永恒。

小川有这样的想法是因为他的父母。小时候，父母明明很恩爱，不知道从什么时候开始就争吵不断了，原因他现在不记得了，留在脑海里的只有一幕——母亲跟父亲吵完架，带着他开车出去，结果在高架上出了车祸，母亲当场死亡，他毫发无伤地活了下来。

父亲似乎不能接受这样的打击，看到小川就容易想到小川死去的母亲，至于究竟是愧疚还是解脱或者因为面子要装一装，小川不知道，总之很快父亲就用这个借口把他送去了敦煌的姑姑家。

一列火车把小川带到了黄沙漫天的敦煌。他想，以后他什么都没有了，他能依靠的只有他自己而已。

姑姑曾经也是远近闻名的美人，多少媒人踏破门槛，姑姑却很犟，一心要自由恋爱，最终被会唱几句秦腔写得一手好字的姑父打动，毕业后就跟随姑父一起放弃大城市的工作回到了姑父的老家敦煌，这一跟就是一辈子，除了过年回去看看，再也没回过上海。姑姑、姑父、表哥、表妹都对小川很好，但他就是跟他们不亲，他很害怕亲近他们之后，他们也会像他父母一样，最终离他而去。

对新学校里的同学，小川也是一样，跟谁都不亲密。同学们从亲切地接近他，到热脸贴了冷屁股，逐渐疏远他，再到开始欺负排斥他，仿佛是顺理成章的事，但他觉得这样也比付出感情最终受伤害好。为了避免被欺负，他省下早饭钱在地摊上买了本“武功秘籍”开始锻炼身体。因为对自己狠，也因为他有太多闲暇时间，很快，他的体格就超越了同龄人。

一次挑衅，他以一敌三，将闹事的同学打得开了“瓢”。明明是对方不对，同学们却异口同声地指责他。老师把姑姑叫来了，姑姑不由分说地追着他打。原本他以为对于这样的事自己根本不在乎，但抬眼看到姑姑眼中闪着的泪光时，他还是委屈了，他不想别人看到他的委屈，就飞一般地跑了。

他不知道跑了多远，天逐渐黑了下来，眼前是一片沙漠戈壁，他猛一回头特别陌生，不知道该怎么回去。

这时，远处依稀有一点亮光，他慢慢地朝着亮光的方向走去，看到了一盏老式的油灯，油灯下一个白发长须脏兮兮的老头正趴在地上作画。

就着昏黄的灯，他看到了绿的、蓝的、金的色彩组合成的仙女图案，瞬间就顿住了。那样美，他从未见过，他感觉只要伸出手就能跟画中的仙女手指相触。画中栩栩如生的仙女不断地在他的瞳孔里放大、放大、放大，他感觉整个胸腔都要爆炸了……

“你喜欢这幅画吗？”老头开口了。

小川瞬间被拉回了现实的世界，他顿了顿，转身欲走，但又忍不住回头去看那幅画。

老头笑了笑，一松手，画就顺着风吹上了天。小川大急，赶紧扑上去追画，扑腾了好一阵子才气喘吁吁地把画抓在了手中。

老头走上前，小川后退了一步。

老头问："你怕我？"

小川摇摇头。

老头又问："那你躲什么？"

小川说："我怕人。"

老头呆了半晌，指了指画："那就到里面去，里面的人没有外面的人可怕。"

小川顺着老头指的方向看向画。

画中的世界仿佛活了，它给小川指引了另外一条路，宽阔、敞亮……

小川不记得自己是怎么回家的，也忘了他是从什么时候下决心画画的，总之他就这么握住了画笔。他几乎是自学成才，除了吃饭睡觉上课，其余的时间都用来画画。他最终靠着优异的成绩考上了四大美院之一，毕业后也没有迷恋大城市的风景，而是回到了敦煌，继续画画。

敦煌有着取之不竭的文化底蕴和素材，这些壁画、这些人物像一道光一样照亮了小川的人生，他又开始笑了，他想他这一生跟画做伴就好，他不会寂寞，它亦不会背叛他……

二十六岁那年，小川进了敦煌文物研究中心，本以为可以潜心画画，创作出更动人的作品，却没想到平静的生活因为表妹将他的一幅作品传到网上而被打破了。

他的画干净清澈，不夹杂一丝浮躁气，非常吸引如今看惯了光怪陆离的网民。各种赞誉声接踵而至，记者采访、画馆邀约、拍卖行拜会络绎不绝。

姑姑、姑父见状很是高兴，但小川却不喜欢，他觉得他被打扰了，有些负气。

姑姑婉转地表示，家里也不富裕，能不能帮帮忙，稍微改善一下家里的生活。

小川一时心软答应了。

但到了日子，小川又后悔了。那天，家里挤满了人，小川却不见了。

他背着相机走进了深深的大漠。

他想与其像只猴子般接受大家的香蕉，倒不如跑出来喘口气，或许还能有些灵感。至于姑姑，等发了工资全部交给她，应该也能弥补些亏欠吧。

他走着走着，突然脚下一空，整个人滚进了一个地洞里。他正要挣扎着起来，突然抬头看到满墙的壁画，瞬间愣住了，那是他从来没有见过的景象，美且空灵……

第二章

# 胡灵

她有点后悔发这样的微信，

毕竟低谷中的人做什么都不自信

胡灵踩着高跟鞋穿着一身时髦的衣裙走在 × 大历史学院的校区里。研究历史的人一般给人的印象都是呆板、严肃，即使偶有例外也绝对不会像胡灵这样，穿最时髦的衣服，化最浓烈的妆，走起路来像一阵风，宛如 T 台的模特儿和最红的明星。

事实上，她也算是个明星了，在网络平台开有趣的历史课粉丝过千万，上电视给文物收藏节目当嘉宾，她人长得靓，又言辞犀利敢讲，常常播一期节目就上一次热搜，再加上写书、参加活动、接受采访等等，热度一点也不输娱乐圈的名人。学院里很多领导都看不惯她，觉得她招摇过市、哗众取宠。她的博导李教授出于爱徒心切，专门约了她吃饭，劝她低调治学，她却不以为然。她觉得新时代，年轻人的口味变了，要用他们喜欢和理解的方式来传播知识，这是寓教于乐，是大功德。至于那些在背后嚼舌根的人不过是嫉妒而已。

嫉妒是人的天性，她无法防御，但可以理解。

李教授摇摇头，他跟胡灵说，她这样的性格早晚要吃大亏的。

中国人有句古话，叫“不听老人言，吃亏在眼前”。果不其然，麻烦事很快降临到了胡灵头上。在一次直播中，胡灵讲到了一个还未考证过的、短暂的少数民族部落政权，并且配了好友著名画家周襄的手绘画，言辞凿凿，充满了神秘感，一时引起了不少人的兴趣，直播间瞬间被挤爆，大家展开了激烈的探讨，第二天直接占据了热搜榜第一的位置。

就在胡灵得意扬扬时，一篇写她治学不严谨，拿着传说当历史的文章横空出世，历史圈很多专家都对她的发言提出了质疑。

与此同时，又有一位老人在自媒体上发了视频，控诉胡灵在综艺节目上鉴宝出错，导致他亲手砸碎了家传的“汝窑”花瓶，他拿着碎片和专家鉴定的结果@了胡灵，要她给个说法。

网络是个很奇怪的地方，前一刻大家还在夸胡灵是美女教授、时代的楷模，这一连串的事出来，她瞬间就成了沽名钓誉的女骗子，舆论一波接一波把她围了个水泄不通。

学院要求她暂停所有的课先休息一下，至于休息到什么时候，没有答案。

她想拿出证据论证自己的观点，但证据都是疑似，而她在直播间里说的话太肯定了，连提出这些观点的研究者也不敢给她“背书”。

她也仔细看了老头手里的花瓶碎片，确定跟她当初鉴别的不是同一件东西。但无论视频如何放大，网友们看不出来，专家们也不肯说话，这时她才惊觉，自己跳进黄河也洗不清了。

李教授说过，每一把捅你的刀都是你自己递出去的。

当初她要不是那么招摇，那么急切地想证明自己，哪儿来的今天？但这个时候再后悔已经来不及了。

晚上妈妈苏晚晴叫胡灵回去吃饭，胡灵有些犹豫。爸爸早逝，妈妈在她十岁那年嫁给了城里著名的企业家欧一峰。欧爸对胡灵很好，就像亲生女儿，但她自己知道，那种好跟真正的父女不一样，客气而疏远。

晚晴骤然嫁入豪门，生怕做错一点事，从小就对胡灵百般苛刻，希望胡灵做个淑女，但胡灵内心反抗意识很浓，导致母女关系不好，胡灵一成年就搬出去住了，恰好晚晴那年怀孕，生下了儿子欧烨，就没怎么管她了。今晚叫她回去吃饭估计是看了新闻想要数落她，胡灵觉得不去反而心虚，便盛装打扮了一番开车前往城里著名的别墅区。

很意外，晚晴丝毫没有说起新闻的事，反而张罗着要给胡灵找个男朋友。欧一峰带来的男孩叫邵聪，是一名帅气的整容医生，吃饭的时候特别绅士，不断地给胡灵剥虾，切鱼排。

胡灵对相亲不排斥，但很讨厌晚晴那一句“女人总归要嫁人的，你年纪也不小了”。她直接问邵聪有没有看最近的新闻，怎么看自己被人称为女骗子的事，弄得场面一阵尴尬。

饭后，她跟邵聪无话，拿着盘子去取水果，结果听到晚晴和欧一峰说：“这孩子我该拿她怎么办呢？管她吧，她不要我管；不管她吧，你看看这网上写的……”

欧一峰软语安慰着，就像哄小孩一般。

胡灵突然觉得自己很多余，瞧，他们一家多幸福啊，自己为什么偏要来给他们添堵？她相信母亲是爱她的，但是这样的爱她宁可不要，快压得她窒息了。

胡灵找了个借口离开，邵聪说送她，她说自己有车，邵聪点点头，又坐了下来。胡灵想这个男人也挺好的，要是加个微信先了解一下也没什么不可以，但邵聪完全没有想加微信的意思，胡灵当然也不会主动。她迅速换了鞋往门口跑去，她想快点躲他们远远的，别让他们沾到她一点不好。

到了家发现好友周襄等在门口，周襄怕她难过，特地来陪她。胡灵说，人生总有高低起伏，放心，打不倒她的。周襄见胡灵豁达也就放心了。二人喝了一瓶洋酒，八卦了一阵子，周襄就被男朋友接走了。

当屋里空荡荡的时候，胡灵才害怕起来，感觉整颗心脏都被捏成了一团。她其实并没有那么自信，她也害怕未知的未来。她突然有点想哭，但是很奇怪，完全哭不出来，只是觉得房间好大好大，像个怪兽的口腔，将她整个吞噬。

电视机里正在播放关于敦煌的纪录片，胡灵想了想，给在敦煌的好友沈思浓发了一条微信：我明天去敦煌，欢不欢迎？

等待答复的过程很煎熬，她有点后悔发这样的微信，毕竟低谷中的人做什么都不自信。她既害怕好友嫌弃，也害怕给对方添麻烦，更害怕对方明明心存芥蒂，还得为了表面上过得去而应酬她。还好，思浓不是这样的人，给她回了一条信息：航班告诉我，我去接你，太久没见你了，想死你了。

因为这条信息，胡灵这一晚睡得还算踏实，既然改变不了既定的事实，那就尽力让自己开心一点，毕竟每一天过去了就回不来。

# 第三章 缘起

活在世上就必须跟人相处，跟人相处的原则就是，当你改变不了别人的时候，只能改变自己成年的傅小川跟童年的他完全不同，他不再像刺猬一样排斥别人，反而变得温润谦让，凡是认识他的人都喜欢他。但没有人知道他变成这样并不是治愈了童年打开了自己，而是在学画的过程中他懂得了一个道理——活在世上就必须跟人相处，跟人相处的原则就是，当你改变不了别人的时候，只能改变自己。

刚开始他很不习惯，因为人最难的就是违背自己的意愿，但是时间久了，看了大量的心理学书籍，他突然豁然开朗。人性的弱点无非就是：懒惰、恐惧、贪婪、自私、好色、嫉妒、虚荣……只要你顺应他们，理解他们，退让他们，事情就变得好办了。包括那些来采访他扑了个空的记者，他也会一一写邮件给他们，告诉他们自己有社交恐惧症，万分抱歉。

总之，只要对他的绘画和生活带来可能性的干扰，他都要提前做预防。

私下无人的时候他也会想，这些人性的弱点他有吗?

答案是肯定的。

开会的时候，他也常常犯懒，昏昏欲睡；他也会害怕失去工作，失去能让他提高绘画水平的平台；看到好的画作，他也会想占为己有，或者期待自己也能画出超越的作品……

但这些又怎么样，他不在乎，因为除了这个必须服从的世界以外，他还有一个秘密的世界，画的世界。那里面绚烂多姿，美得不可思议，不仅可以让他忘掉一切痛苦，还能满足他一切的畅想。这样的感觉只有艺术家懂得，他觉得他现在离“艺术家”三个字越来越近，但总还未达。

沈思浓力邀胡灵住在她家，一来可以省掉住宿费，二来晚上也能聚在一起多说会儿体己话。

思浓说她父母出去旅行了，哥哥婚后也搬出去了，现在家里除了她，只有一个从小跟他们一起长大的怪表哥，至于怎么个怪法儿，思浓没说。

按胡灵一贯的性格一定会打破砂锅问到底，可是今天她没有——自己还一地鸡毛，哪还顾得上别人？

既然闺密盛情相邀，她也就却之不恭了。

下午二人本来约好了去莫高窟转转，但思浓的单位——敦煌文物研究中心突然临时找她有一件急事，她来不及跟胡灵细说，把钥匙往胡灵手里一塞就离开了。

胡灵有点意兴阑珊，想在家刷刷微博，一搜自己全是骂声。不行，不能让他们影响心情。她洗了把脸，套上粉白色的新裙子，深吸了一口气，一边化妆一边用打车软件叫了一辆车。

网约车来得有点快，还没到她完全收拾好自己就来催促。她是个急性子，一被催立马就拿起手机往外跑，鞋还没穿好，有点硌脚，她停住脚步，扶住一扇房门把脚塞进鞋里，没想到门应声而开，她整个人跌了进去。

屋子里此刻并没有人，但收拾得很干净，正对房门的地方放着一幅画——鲜红色的背景中，金色拟人化的太阳冉冉升起，它的“眼耳口鼻”画得有点像剪纸，精致又特别，堆砌出来的表情充满了挣扎……

胡灵被画深深地吸引住了，一时有点动弹不得，直到司机来电催促，她才回过神来往外走。

一路上胡灵还沉浸在画中，它想挣脱的是什么？想表现什么？她看不出来，但有种莫名的共鸣围绕着她，她觉得自己也想挣脱什么，但终究是被困住了。

胡灵不是第一次来莫高窟，知道窟洞狭小，游客必须在指定的导游安排下分批进入，她想看的那个“158 窟”前面有拨人还没出来，只好倚着栏杆默默等待。

敦煌四月的天气已经开始热了，黑布口罩戴在脸上被汗水捂出了味儿，她有点后悔没有戴一次性口罩，虽然不好看，但至少比此刻舒服。

环顾了一圈，发现周围没有人注意她，她不禁有点失落。

来的时候明明是怕被认出的，现在又在失落些什么？胡灵觉得自己越来越搞不懂自己了。

这时，一个男人从她身边经过，身高一米八五左右，看得出身材很好，穿着一身白色的 T 恤，外搭牛仔裤，造型普通得不能再普通。她没有看清他的正脸，从侧脸看，清晰的下颌线往上有一个高高的鼻梁，鼻梁上架着一副金丝边眼镜，眼睛看不真切，就这点信息汇总，让她想到四个字：斯文大方。

从小胡灵看影视剧就喜欢这一类型的男演员，前男友就是照着这个样子找的。

怎么又想到那个骗她钱的渣男？

知道胡灵的人都明白，她这种人其他方面都很优秀，只有感情方面不行，所以快三十岁了，只谈过一个男朋友。

晃神间，男人已经消失在眼前。

一个游客拿着相机忘我地拍照，不小心撞到她，蹭掉了她的口罩。这时，不知谁喊了一声：“这不是胡灵老师吗？”

顿时，所有人都沸腾起来。

胡灵感觉有一股热浪向她涌来，她仿佛做贼一样往前冲去。也不知道为什么，她想去找刚才路过的那个男的，也许他会带她逃离，也许故事可以这么开始……

当她握住男人的胳膊时，男人露出了诧异的表情。他的正面比侧面还好看。此刻，他茫然地盯着她，她顿时羞红了脸，想说些什么，但喉咙好像被什么东西卡住了，一个字也蹦不出来。

还没等胡灵缓过神来，游客们已经将她围住：

“胡老师，可以合个影吗？”

“胡老师，你本人比上镜还好看，我最喜欢听你的课了。”

“胡老师，真的是你，我不是在做梦吧？”

被围住的胡灵自顾不暇，男人轻轻一挣，就挣脱了她的手，然后默默走了。

胡灵微笑着给大家签名，跟大家合影。

瞧，你以为你的事情闹得很大，现实世界的人会跟网友一样对着你破口大骂，然而，事实并非如此，网络是个虚拟的世界，他们可以躲在黑暗中行凶，但现实世界又有多少人有机会遇见名人？他们忙着要签名、求合影还来不及，哪有空骂你？

胡灵享受着被簇拥的感觉，待虚荣心完全得到满足，回过神再去寻刚刚那名男子时，哪里还有他半点踪影？

这时，思浓打电话来问她下午过得如何。

她说，还行吧，不是第一次来，没啥新鲜感。

不过，她心里却隐隐为刚才那段擦肩而过的缘分感到可惜。

# 第四章 惊梦

她想，她可以无数次地跌倒，

也可以无数次地爬起来

四十岁的胡灵过得很不好，这是她定居敦煌的第十年，也是她和郭子轩爱情长跑的第七年。

郭子轩是一名人民警察，年纪轻轻就立了很多功，事业蒸蒸日上。胡灵跟他是相亲认识的。

第一次见到子轩的时候，胡灵觉得他单纯、阳光、爱笑，很合适做丈夫。子轩也被胡灵的美貌和才华吸引。二人几乎是一拍即合，认识半年就订婚了。

然而好景不长，订婚没多久子轩在一次任务中伤到了下身，虽然表面看不出什么，但还是严重挫伤了他身为男性的自尊心。胡灵陪着他看了很多医生，但丝毫没有起色，医生说他在生理上已经没什么问题了，之所以不行，还是因为心理问题。

胡灵想，心理问题还是好解决的，她买了各种性感的内衣，企图慢慢唤起子轩的欲望，但是完全没有用。

她不知道子轩心里藏的秘密根本不是外在的刺激所能改变的。

他是在休息逛街时遇到歹徒劫持女人质的，当时顾不得多想，给队里打了个电话就直接追了出去，很快女人质被救了出来，但没有带枪的他却被歹徒挟持了三天。他很难用语言来形容这个歹徒有多变态，只是不断地寻求机会逃脱。三天后，当他终于挣脱绳索爬到窗口时，歹徒突然醒来了，歹徒朝着他的要害部位开了一枪。他以为自己这一生走到头了，不想同事们在这时赶来了。他们和歹徒展开激烈的殊死搏斗。歹徒异常凶狠，被当场击毙，而他在看到歹徒倒下的一瞬间，捕捉到了歹徒最后的狞笑，一口气提不上来晕倒了。

后来心理医生常常问他这三天经历了什么，他总是反复说，歹徒殴打他，不给他饭吃云云。真的假的也无从判断，但是他的病却总是没有好转的迹象。

时间久了子轩就开始痛恨自己，然后就躲着胡灵。胡灵倒是有耐心，一次次地跑去看他，安慰他，鼓励他，告诉他无论发生什么，自己都不会离开他的。

但是，子轩不这么觉得。他认为胡灵这么做不过是怕离开他会被周围的人嘲讽，毕竟他是“有功之人”，她怎么能因为他残废而离开他呢?

他不要这样的怜悯，于是在某个喝醉酒的夜里开了直播，先是坦诚了自己不能人道，然后单方面宣布跟胡灵分手。

他以为这是为胡灵好，没想到闲言碎语更多了。胡灵本来就穿着大胆，标新立异，这么一来，说她贪图欢愉，逼男朋友自揭隐私的传言不绝于耳。她无从解释，只能笑笑。

她和子轩就这么结束了。

很奇怪，她没有特别难过的感觉，反而有点如释重负。她想，这会不会是不爱的表现呢？假如对象是当年的小川，她会怎么样？她不敢想。

寂寞的夜里，胡灵特别抗拒想起小川，脑海中只要一浮现他的样子，她就拼命地工作或者干点别的摸不着边际的事，让他迅速远离她的思念。但这一夜很奇怪，她又梦见他了，梦里是十年前发生过的事，仿佛还在眼前……

接到网课平台告知立刻停课的消息时，胡灵蒙了，她没想到那次的直播事件居然可以发酵得那么大。平台老板也是歉意万分，告诉她投诉的人太多，他们也是没有办法。

舆情，舆情，都是舆情！胡灵感觉自己有点喘不过气来。

她拨电话给平台老板，希望再上最后一课做个总结，这样的话就是课程结束，而不是突然停课。

平台老板也真够义气，一口答应了胡灵的要求。为免节外生枝，他要求胡灵这一次直播上课。

授课当天，胡灵怎么也找不到适合她做直播的地儿，思浓家刚刚装修，看着有些豪华，她在这里直播上课不知道又会被解读成什么样子。可是，公共场所又没有特别安静的地方，怎么办呢？

最后，还是思浓给胡灵想了个办法——还是在她家做直播，但可以拉一块布当背景，这样就看不到豪华的装修了。

这倒是个不错的主意。但是，在实施的时候胡灵崩溃了，因为拉一块布做背景之后，那直播的画面实在是太丑了，这对审美极高的她简直就是心灵重击，可是直播课马上就要开始了，放学生们鸽子恐怕会让舆情更严重。

正在胡灵束手无策之际，思浓拿来了一幅画做背景点缀——就是之前胡灵误闯房间看到的那一幅。

胡灵喜出望外，赶紧开始了直播。

直播课上得非常顺利，但胡灵知道这是最后一课，鼻子酸酸的，尤其是看到学生们说，下一次她开新课还会再买时，她就忍不住落下泪水。对此，她给学生们解释说自己是角膜炎发了，还硬挤出了一丝笑容。

学生们纷纷劝她保重身体，她也就顺坡下驴，答应大家要休息一阵子。面子保住了，过程堪称完美。

除此之外，那幅背景画也成了学生们讨论的热门话题，大家都说特别好看，还问胡灵能不能扫描下来发到微博上给他们当屏保。

敏锐的胡灵一下子灵感涌动，想到了一个特别好的主意。

一下直播，胡灵就奔到思浓房里问这幅画是怎么得来的，思浓说这是她表哥画的，且她表哥画了非常多的画。胡灵当即提出要看其他的画。思浓也没有问什么，直接就把她带去了充当画室的地下室。

路上，思浓告诉胡灵，这个表哥从小就寄养在她家，如今也是敦煌文物研究中心的一名员工，负责壁画修复。

地下室里，琳琅满目的画作震撼了胡灵，她从来没见过用色这么大胆的画作，浓郁的色彩，激烈的撞色，栩栩如生的人物，给人一种说不出的挣扎和困惑之感。

她拿起一沓人物画问思浓："这画的是什么？"

思浓说："都是莫高窟里的供养人。"

胡灵知道供养人，就是古代那些因信仰佛教，通过提供资金、物品或劳力，制作佛像、开凿石窟、修建宗教场所等形式弘扬教义的虔诚信徒，他们往往会在任务完成之后在石壁上留下姓名或者自画像。

胡灵心里的念头更加清晰了。她问思浓："你表哥什么时候回来？"

思浓说："我表哥总是神出鬼没，有时候待在家里一周都不出去，有时候一出去就好几个月，我们平时也没什么好聊的。"

胡灵觉得很奇怪，他们是表兄妹，又是同行，为什么会聊不到一起，于是问了一句。

思浓说："等你认识他了就知道了。"

思浓又问："你找他干什么？"

胡灵说："要送他一个锦绣前程。"

思浓望着胡灵神秘的样子突然笑了，但她没有追问，只是觉得胡灵在痴人说梦，毕竟她这个表哥不是那么好搞定的。

胡灵蹲下身来仔细看画，画的右下角有个隽秀的签名：小川。

此刻，她并不知道这个名字会在未来十年里深深地刻在她心上，弥久不散。当下，她只是琢磨着要如何东山再起……

心念转动间，她轻轻地笑了，她想，她可以无数次地跌倒，也可以无数次地爬起来。

# 第五章

# 我思

人和人之间为什么要相遇呢？
要是按佛家的说法，一切都有因果，
她不知道自己前世欠了小川多少，
以至于这般心心念念，纠缠不休

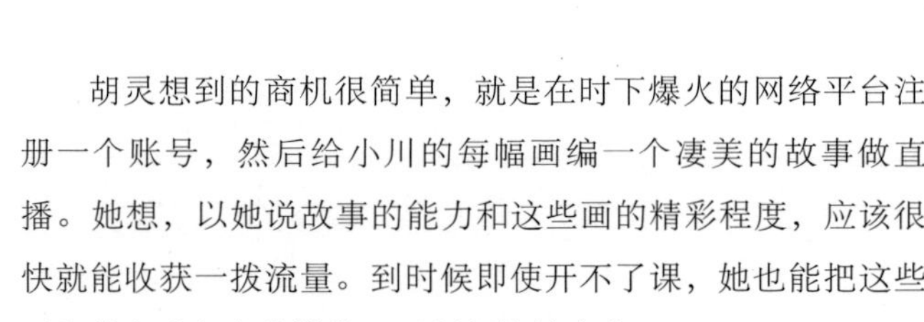

胡灵想到的商机很简单，就是在时下爆火的网络平台注册一个账号，然后给小川的每幅画编一个凄美的故事做直播。她想，以她说故事的能力和这些画的精彩程度，应该很快就能收获一拨流量。到时候即使开不了课，她也能把这些画和故事进行商业转化，再创辉煌的事业。

一想到这儿，她就忍不住从心里发出笑声。至于小川会不会答应，她完全没有考虑。

她想，这么好的事对方有什么理由不答应呢？大不了得了利益四六分，她四对方六，甚至她三对方七也行。她名气比对方大，二人组合，对方比较占便宜。

看到这儿，你是不是以为胡灵是个肯吃亏的主儿？那你就错了，她的如意算盘打得比谁都响，只要这个账号火了，她是主讲人，观众只认她一个，将来要是这个画家不行了，还可以换别的画家。至于眼前的分成比例只是小钱，为什么不拿来做个人情呢？

但她万万没想到，结果跟她想的完全不同。当思浓把表哥介绍给她时，她的脑袋“嗡”的一声大了。眼前这个傅小川就是她在敦煌莫高窟遇到的那个斯文大方的男人，无论颜值还是才华都百分之百契合她的幻想。

怎么办？要说什么？怎么样才能让他对自己有好感？胡灵心中转了一万个念头，小川脸上却一点表情也没有。当他听完胡灵磕磕巴巴的商业大计之后皱了皱眉，客气地表示：“胡小姐，非常感谢你的欣赏，但我并没有打算要把这些画示人的打算……”

胡灵猛地从床上惊醒。都这么多年了，每次梦到这一幕，她的心还是会忍不住狠狠地痛一下。

她擦了擦额头上滴落的汗珠，重重地吐了一口气。

人和人为什么要相遇呢？要是按佛家的说法，一切都有因果，她不知道自己前世欠了小川多少，以至于这般心心念念，纠缠不休。这些年来，她曾寄望于打坐、冥想，也看了很多佛教道教的书，找了各种心理学大师来开导，希望自己能放下这段情感，结果都是枉然。渐渐地，她也就不再依赖于外力，她知道他们之间冤孽太深，根本无法斩断。

偶尔她也会像此刻一样陷入沉思，当年她要是不被他吸引，不想方设法地接近他，今天的结果会不会不同呢？算了，还是不去想了，赶紧工作吧，忙起来了，一切也许又会回归原位了。

洗漱完毕之后，她才发现是周末。每次一到周末，她就有点恐惧，不知道要怎么过才好。以前有子轩，她还能借着他短暂地忘掉脑海里那个无时无刻不在的傅小川，可如今连这根救命稻草也没有了。

外面的天气阴沉沉的，胡灵在楼下的花店买了一束雏菊来到墓园拜祭沈思浓。

思浓离开已经快六年了，她从来没想过那个开朗，总是笑呵呵的女孩会被抑郁症折磨这么久，最终从高楼上一跃而下，结束了年轻的生命。

胡灵望着墓碑上女孩的笑脸，突然想起她对自己说过的话。

“你说服不了我表哥的，他那个人最固执了。”

胡灵笑了笑回道：“那就不说服了。”

思浓有点诧异——以胡灵的性格，怎么可能轻言放弃？难道是因为这次出事受到了教训，转性了？

思浓不敢确定，又怕胡灵难过，便腻在胡灵身上软语安慰了一番：“祸兮福所倚，福兮祸所伏。这次的事，你不要太担心了，时间一久大家就淡忘了。退一万步说，真过不去也没关系，来我们单位做研究也是一样的。我们领导特别开明，前一阵子还说要宣传下我们这里的传统文化，你流量那么大，要是愿意过来，我保证他举双手欢迎。”

来这里搞研究，怎么可能？胡灵嗤之以鼻。这种地方来旅游一下还行，常住她可受不了。

但她万万没想到的是，之后的十年她再也没有离开过这个地方，这不知道算不算命运弄人呢？

那会儿她懒得跟思浓争辩，因为她的目标已经不是拿着画直播讲故事了，而是傅小川本人。

喜欢一个人要怎么表白，胡灵完全不会。

她从小就是那种特别刻苦的女孩，倒不是因为热爱学习，而是她受不了她妈嫁入豪门后过度自卑，总是要求她这样那样，仿佛做不到就不配做她妈的女儿，也不配生活在那个家。

她知道自己年纪小，无力反抗，只能努力努力再努力，并在心中暗暗发誓，一定要努力攒钱，等经济独立了、成年了，一定要用最快的速度离开妈妈，离开那个家。

所以当别人青春萌动的时候，她正努力刻苦地学习和攒钱。进入大学之后，她又忙着学习和考研，帮老师整理资料，还同时打着三份工。那时候，她在男生眼里根本不是女人，而是男人婆加工作狂。

直到一次偶然的机会，她被邀请参加了一个网络综艺，被化妆师打扮过的她与平日判若两人，直言不讳的性格和过硬的专业知识让她在屏幕前魅力四射，她误打误撞靠着互联网一举成名，才惊觉自己差点错过最好的年华。

不知道是不是突然发现了自己隐藏已久的女性魅力，她开始注重穿着打扮，仿佛一夜之间从一个极端走向了另一个极端。当她素颜红唇，穿着火辣的短裙，踩着高跟鞋踏入校园时，很多人觉得她是不是受了什么刺激。还有一些眼红她成名早、赚钱多的人故意传她有间歇性神经病。这么一来，她的男人缘就更差了。

涂毅就是在这个时候闯进了胡灵的世界。

她是在一个局上认识他的，具体是什么局，她不记得了。她那会儿刚红，喜欢热闹，也想多认识人，不管是平台高管相邀，还是某某大人物的生日会，抑或是专业研讨会，能去的都去。但是，不管是什么局，到最后都会演变成吃饭喝酒加 KTV。她不喝酒又有些自视过高，在这种场合上总显得有些格格不入。

涂毅是第一个主动来跟她说话的。他比她小四岁，年轻、斯文、干净，一笑起来露出两排白白的、好看的牙齿，像极了电视剧里的明星。他是广告公司负责商务推广的，胡灵一上来就表示自己的历史课不接受植入。倒不是她不爱钱，而是刚刚开始做，根基未稳，不想被学生们看轻，因小失大。

涂毅见她严肃的样子笑了笑问："我额头上写着要搞业务吗？"

"不然呢？"胡灵问。

涂毅说："面对美丽的女孩，我难道就不能敬杯酒吗？"

好看又会说话的男孩谁能拒绝呢?

很快，他们就走到了一起。涂毅主动又会玩，总把一切都安排得好好的，让胡灵有一种被当作公主宠爱的感觉。

他虽然收入不多，但从来不肯花胡灵的钱，也拒绝住到她的小别墅，说男人怎么可以靠女人呢。胡灵听了暗暗窃喜，她觉得自己找对了人。

涂毅特别喜欢拉着胡灵去自己那个破旧的出租屋腻歪，养尊处优的胡灵哪受得了这个？每次她提出要换个地方时，涂毅就说自己穷，配不上她，要分手。

年轻的肉体刚刚绽放，恨不得分分秒秒黏在一起，怎么可能为这个分手?

于是，胡灵主动在她的历史课里植入了他拉来的广告，主动给他介绍各种人脉，把他带进了自己的圈子。

说来也奇怪，涂毅跟胡灵的每一个朋友都处得很好，甚至连有些面和心不和的同事也在背地里夸涂毅，觉得胡灵捡到宝了。后来他们分手，涂毅一口咬定是自己不好，但朋友们还是觉得肯定是胡灵不对，肯定是胡灵辜负了他。涂毅的这种能力很多年后胡灵想起来还很佩服，换了她自己，估计永远做不到。

两人在一起不久，涂毅存够了一套房子的首期，胡灵主动替他付了尾款。当时涂毅还特别大男人主义，给她写了欠条，讲明每个月的工资都打给她。胡灵觉得他这是把她当外人，于是撕掉了借条，但他还是每个月会固定打 5000 元给她，一直持续到他们分手的前一个月。

瞧，一切都是她主动的，人家没有开过半点口，还做得这么仁义，让你想说什么也说不出来。

就当胡灵以为自己好事将近，即将步入婚姻殿堂时，涂毅突然提出了分手，理由是胡灵太好了，他配不上她，他跟她在一起总觉得自卑和压力大。

这听起来好不好笑？他追她的时候不自卑、没有压力，现在说这些谁信？

不过热恋中的人智商往往为零，胡灵没有想那么多，只是一味地挽回，但对方去意已决，临走前还丢下一句："房子的尾款等我有了钱会还给你的。"

好一阵子胡灵都沉浸在自我怀疑的情绪里——自己为什么会那么强势？为什么会给人压力？

直到她在街上遇见了涂毅跟一个新闻里常出现的富家千金在一起，她才恍然大悟，原来自卑和压力都是见鬼的借口！

她发微信催涂毅还钱，涂毅置若罔闻。直到她出了事，涂毅才在微博上写了一条关于她的文字：

我所认识的胡灵一直是一个善良、简单的女孩。这次的

事情她做错了，但我相信她绝对不是故意的，希望大家给她一个机会，让她继续为大家服务，谢谢大家！@胡小灵

这条微博好评如潮，也顺带把涂毅拱上了热搜，让这一波即将凉下去的舆情又沸腾了起来。

网友们都说涂毅是“中国好前任”“分手见人品”之类的，只有胡灵知道他不过是想借这次热度再立一下自己的人设而已。这套路跟当初他们刚认识时，他在她面前夸赞前女友一样。

这个灵魂质量差到极点的男人！

她突然感到一阵恶心，迅速拉黑了他的微信，取关了他的微博。

这就是胡灵的全部感情经历，要经验没经验，要手段没手段，让她去追一个男人简直比登天还难。

那么，她跟傅小川要怎么开始呢？

胡灵陷入了深深的思考。

第六章

# 传说

古人常说近水楼台先得月，但胡灵一点也没感觉到住在一个屋檐下的便利

古人常说近水楼台先得月，但胡灵一点也没感觉到住在一个屋檐下的便利。傅小川总是神龙见首不见尾，即便她想来个偶遇也常常落空。

思浓看出胡灵的心思，劝胡灵不要太走心，因为小川不是个感情动物，她跟他一起生活了十几年也没看到过他交女朋友。

这个时代居然还有二十六岁的处男？胡灵十分惊奇，问思浓：“他不是喜欢男的吧？”

思浓摇摇头：“也不是，他好像除了绘画，对什么都不感兴趣。”

胡灵松了一口气，只要不喜欢男的就好，自己还有希望。

她在网上搜索了很多女追男的方式方法，想取取经。

有人说可以微信互动一下，看对方回复信息的态度，判断这人是否对你有意思——拜托，她不是要探索对方的意思，而是志在必得，况且她还没加他的微信呢，难道要思浓去约？

有人说不要当“舔狗”，保持高冷，假装不经意地出现在对方面前，但一定要无视对方，激起对方的好奇心和征服欲——看到这里，胡灵笑了，要是用这一招，估计过一百年傅小川都不会看她一眼。

还有人说了解对方的一切爱好，投其所好——这一点胡灵是想过的，但缠了思浓半天，思浓也总结不出傅小川除了绘画还有什么爱好，最后思浓想了想告诉她："其实我跟我这个表哥好像也不太熟。"



胡灵无语——一起长大的人都不熟，自己凭什么跟他熟?

思浓还说起一件事："我们上学的时候，有个长得很好看的学妹追我表哥，每天守在家门口等他出来，一连好几个月，我表哥都不跟人家说一句话。后来那个女孩忍不住了，上前跟他表白，你猜他怎么回答的？"

胡灵眼睛里发着光，饶有兴趣地望着她："怎么回答的?'我不喜欢你'？'以后别来了'？"

思浓摇摇头："不，他问了她一大堆关于绘画的问题，直接把那个女孩问蒙了。"

"那女孩一定是羞愧地跑掉了吧？"

"是跑掉了，但他又把她拉回来了。"

"哦？"

"你一定想不到他的操作，他居然主动提出要帮那个女孩补习。"

胡灵愣住了。

思浓继续说："他给她补习了整整一个学期，等到期末的时候，女孩考了个不错的成绩，兴高采烈地来找他，再度跟他表白。"

胡灵紧张地望着思浓，急切地想知道后续。

思浓望着她眼巴巴的样子忍不住笑了。

"当时我正好要去上学，站在门口，走也不是，留也不是。只听我表哥说：‘对不起，我不喜欢你。’那个女孩追问：‘那你为什么要帮我补习？’我表哥想了想，认真地说：‘我正好想复习一下所有的功课，光看书太枯燥了，帮你补习会比较有趣一点。’”

思浓学小川的口气学得特别像。胡灵翻了个白眼，假装手中有剑刺进自己的心脏：“好扎心啊，那个女孩一定遭受了一万点的伤害。”

“谁说不是呢，但我表哥就是这样的人。我亲眼看着一茬茬的女孩簇拥过来，又慢慢散去。这几年，找他的女孩已经快绝迹了。”

思浓劝胡灵：“你别被他的美色迷住了，不然我怕你会受到伤害。”

胡灵不这么想，经过涂毅，她怕极了油嘴滑舌、说话像抹了蜜的男人，像小川这样缺乏感情经历的专业人士反而更吸引她。她想，这样的男人一旦动了情，必然是专一的，毕竟他们已经习惯专注在一个事物上了。

胡灵想得没错，这世上的人往往是多情的人最无情，无情的人最多情，但她没有想到的是专一浓烈的爱带来的伤害一点也不比欺骗和虚伪来得少。此刻她还沉浸在如何接近小川的思考中——这么注重专业的人，一定要用专业去征服他。

而就专业来说，胡灵从来都是自信的。

胡灵通过沈思浓跟敦煌文物研究中心负责宣传的领导取得了联系。她表示想通过自媒体对敦煌的文化进行一波普及和宣传，让更多人，特别是年轻的群体加入保护中国传统文化的行列中来。

这本来就是胡灵一直在做的事。她曾经在自己的公开课上发表过关于故宫和苏州园林的解读，她将枯燥无趣的知识点编成以物拟人以楼拟人的小段子，故宫里红墙绿瓦之间的恩怨情仇，苏州园林中山顶石与山下池间的遥望，新奇的视角加上胡灵特有的幽默细胞，在年轻人的群体中异常受欢迎，也激起了大家对中国传统文化的热爱和向往。这次加上敦煌系列，顺理成章。研究中心的领导听了也特别高兴，表示要尽全力支持。

没有人知道她还夹杂了一点点私心。

她跟领导说："敦煌文化要讲透不能光靠文献，还得靠视觉。我看过日本NHK的纪录片《敦煌莫高窟，美的全貌》，也看过央视的纪录片《敦煌》，都拍得非常好，但是随着人们的时间越来越碎片化，宣传敦煌也要与时俱进，我觉得通过莫高窟一幅幅精美的壁画来讲故事，比起长视频更能起到快速推广的效果，还能产生一批周边产品，达到传播和商业两便。"

领导非常认同。

胡灵希望能派遣一名画员再跟她系统讲述一下敦煌壁画的全貌，以便她整合梳理。怕领导委派其他画员，她迅速掏出手机在网上找了张小川的照片说，最好是这位画家，他年纪轻，画作也新颖有趣，沟通起来也许会有不同的碰撞。

就这样，小川展露着职业的笑容，站到了胡灵对面。

"胡小姐在历史方面是专家，相信与敦煌有关的大多数文献你都看过了，我就不再赘述了。咱们进去以后，你要是看到什么不明白的，我再给你补充，你看怎么样？"

胡灵点点头：“我们边走边说。”

二人一起往旁边的莫高窟走去。

要怎么开口才能吸引对方的注意呢？有了！

胡灵吸了口气看向小川，说：“傅先生，上次看到你房里的那幅画我印象特别深刻，不知道能不能聊聊你创作的初衷？”

“这跟这次的工作有关吗？”

“没有。”

“那抱歉，这是我私人的涂鸦，不在这次的讨论范围里。”

小川一下子把话题聊死了。

胡灵轻轻一笑：“傅先生一向都这么拒人于千里之外吗？”

小川没有说话。

胡灵说：“我觉得好的画作应该让所有人看到，这不仅仅能提高画家的知名度和自信心，也能促进整个文化市场的蓬勃发展。”

“可是我没有这个习惯。”

胡灵愣住了。她低头琢磨了下，长得还可以，刚刚也没说什么不得体的话，不至于让人厌烦吧？

她突然想到了什么，问：“你有社交恐惧症吗？这次麻烦你来跟我解说是不是太为难你了？”

“没有。工作是工作，个人是个人，作为工作我很愿意为您效劳，但个人……请允许我保留自己的习惯。”

他依旧不卑不亢，毫无情绪，让胡灵不禁有点沮丧。

二人转身走进莫高窟的第三窟，里面有元代绘制的千手千眼观音像。

很多年前，胡灵在图册上看到这幅千手千眼观音像时，就被它奇特的造型所吸引。虽然历经风霜，部分色彩已斑驳难辨，但依旧呈现出一种慈悲彻悟之感。正面看有十一个头，除了中间那个略显狰狞以外，其余都表现得很慈祥。她的上方是持花供养的飞天，左右两边是帝释天与梵天女，下方还有两名金刚护法。一千只手排列成圆形，手心里各嵌着一只眼睛，仿佛正在守护众生。四十多条手臂姿态各异。衣服更呈现出一种极致的飘逸，感觉随时都要被风吹起。

第一站来这儿，胡灵是思考过的，只有大家都熟悉的壁画才能便于她切入主题。但不知道为什么，她丝毫没有想谈论这幅壁画的感觉。她沉吟了半天问："傅先生你一定过得很孤独、很不如意吧？"

小川诧异地望着她。

胡灵说："那幅太阳的画实在给人太多遐想了，我总觉得有种想挣脱捆绑的感觉……"

小川打断她："胡小姐，您要是还没有想好问什么与工作有关的问题，我就先回画室了，那里还有一堆事等着我去处理。"

真是不近人情。算了，人和人之间的相处本来就不是一件容易的事，接下来的日子长着呢，也不指着这一时半刻。胡灵掩饰地笑了笑说："抱歉，我又唐突了。咱们还是把话题回到这幅壁画上吧。壁画的美观众可以通过视觉直接欣赏到，可是它背后的文化和历史需要我们去解读和传播。我记着这幅画的作者叫史小玉对不对？"

小川点点头，拿起手电筒照着壁画的左下角说："这里原本有‘甘州史小玉笔’几个字，八十年代的时候还依稀可辨，现在完全看不清了。”

她顺着手电筒的光蹲下来细看，果然什么都没有了，于是问：“有没有关于史小玉的文献记载？”

“几乎没有，所以学术界有部分人觉得他不一定是画家，也有可能是个路过的游客，就跟现在某些喜欢在名胜古迹留下某某某到此一游一样。”

“那你觉得呢？”

“我觉得是他画的。他所处的时代敦煌比较荒凉，不虔诚不会来这里，虔诚的不会在这么庄严肃穆的画下题自己的名字。”

“那可不一定，我看历年来在洞窟里题字的人可不少。有个乾隆年间的，叫什么来着……对了王维曾，他不是在很多洞窟写了他那首打油诗吗？‘可叹可叹真可叹，可叹菩萨遭劫难，不知何年并何月，再得重兴胜景山。’劫难的‘劫’还写成了节日的‘节’，他以为自己是在为菩萨抱怨，殊不知他才是那个破坏壁画的人，你说是不是很无语？哈哈哈……”胡灵说着笑了起来。

小川看了她一眼，淡淡地道：“元末明初时，敦煌的百姓已经迁入关内，没有游客的。”

胡灵想，糟糕！光顾着卖弄，忘了对方才是专家，不知道他会不会因此而对自己反感。于是，她马上改口：“班门弄斧，让你见笑了。傅先生，你在文物研究中心待的时间久，能不能推测一个史小玉的大概经历给我？”

“这……我不会编故事。”

“不是编故事，是合理想象。我们要让观众记住文化和历史的重要讯息，必须用合理想象的事件来连接，就好像数学需要公式一样。”

胡灵的话听起来有点道理，让人无法拒绝，当初翻完文献他也有一个属于自己的畅想，要不要说出来呢?

胡灵望着他沉默的样子，不知道他心里在想些什么，但她相信，每个人都有习惯和弱点。他的历史观、价值观、对人物的解读无一不体现他的内心。既然他不肯聊他私人的画作，那就从这次的工作开始，多听他说，多接触他，她就不信这个人是铁打的，一点破绽都没有。

二人眼神交汇间同时愣了愣，都有种莫名的预感，眼前这个人好像会跟自己发生什么。但此刻他们还想不到，彼此间的缘分居然会纠葛得那么深。

# 第七章 春晖

战乱会结束，分离会重逢，
背叛也可以绝交。
但疾病和亲情的羁绊是永远无法消解的，
那才是真正的哀莫大于心死

舞蹈室里回荡着激烈又煽情的音乐，佩筠和弥生疯狂地舞动着，汗水伴随着交织的肉体挥洒开来，在地上留下了一道长长的弧线。

寂寞的女人企图用舞蹈把内心挣扎的野兽扔出去，而年轻美好的男人的气息像毒药般吸引着她靠近再靠近。明明知道那不可以，她有丈夫，有儿子，但还是敌不过人类本能的欲望，沦陷了。

当二人的嘴唇碰到一起时，佩筠仿佛即将渴死的野兽，突然咽到一口甘泉，贪婪地要着第二口、第三口……

“妈妈！”

突然，一声叫唤惊醒了意乱情迷的佩筠。她猛地推开弥生一转身，看到七岁的儿子傅小川站在那儿。

怎么回事?

她不是把他放在副驾座上用安全带绑好了吗？她不是给他买了小人书和糖葫芦吗？她不是告诉他不许进来吗?

佩筠的头一下子大了，她不知道小川刚刚有没有看到什么，她不想给儿子幼小的心灵留下任何不好的印象……

小川抽搐了一下，从梦中睁开了眼睛。

怎么又梦见十九年前的事了?

这些年他已经很少做梦了，尤其是刚刚那一幕，现在回想起来早已分不清是记忆里残存的画面还是他自己臆想出来的。

他起来打开冰箱取出一瓶冰矿泉水咕咚喝了几口，看看时间，半夜三点十五分。他皱了皱眉，想了一下，把莫高窟第三窟的那幅千手千眼观音像投屏到墙上。

关于莫高窟壁画作者的题记和文献并不多，有名有姓的更是少之又少，史小玉是其中之一，根据他留下的三处题记看，他是元朝至正年间的人。至正是元朝最后一个皇帝元顺帝的年号，适逢乱世，难免不受牵连。

小川细细地打量观音像上的每一根线条，每一处细节，真是无比精美。他想，画者的心得有多静才能专注至此?

一下子，一个人物的形象就被清晰地勾勒出来了——

众生皆苦。这是史小玉学画时听到的第一句话，师傅告诉他，这一辈子的痛苦都是因为前世欠下的孽和债造成的，想要摆脱痛苦最好的办法就是潜心修佛，期待来世。而画佛像是最大的功德。

史小玉信了。

他认真地作画，虔诚地念佛，相信佛祖会给他带来平安和富足。事实也确实如此。生逢乱世，佛教是人们唯一的寄托和安慰，在战火还没烧到的甘州（今甘肃张掖），画师备受尊敬。史小玉的画尤其好，时不时便有富人请他去画佛像，收入颇为可观。

只是好景不长，父亲突然得了急病，求医问药花钱如流水，但收效甚微。这一病就是十年。邻居们眼看着他憔悴了，背驼了，有赊欠了，忍不住心疼他，都说要是他父亲死了，他就解脱了。

史父听到这样的话很惊惧，总是担心小玉有一天会受不了不管他，于是经常在小玉面前哭小玉死去的母亲，诉说养大小玉的艰难，偶尔还寻死觅活一番，非得小玉赌咒发誓会一直守着他才罢休。

每当这时候，小玉总是耐心地伺候父亲，等他熟睡了之后就回到自己的房里去继续画画，画的是观音菩萨，慈眉善目，睥睨众生，而他就在菩萨的注视下收获一点点安慰……

小川幻想着小玉的经历，画笔慢慢铺展，只见画中满是黄沙，一个小小的人影陷在其中无法自拔。

这个故事在他脑海中盘旋了很多年，没想到被这个叫胡灵的女人给呼唤出来了。小川犹豫，该直接讲给她听，让她嘲笑自己毫无根据的幻想呢，还是根据文献资料随便应付过去得了。正想着，手机铃声突然响起，他看了一眼，是久不联系的父亲，心情顿时沉重起来。

“喂！”

对方沉默着不说话。

小川懂了：“这次要多少钱？”

“我……我最近有一只股票被套牢了，都说三个月后会大涨……”

“多少？”

“三个月的生活费，一两万差不多了。”

“一会儿微信转给你！”

小川要挂电话，父亲迅速喊住他：“小川！”

小川沉默着想听他说什么，最后他闷了半天，只憋出一

句“注意身体”就挂断了。

小川迅速转了二万块钱给他，把手机扔到一边，伸手抹了一把脸，慢慢地往身后的沙发靠去。

自从寄养在姑妈家之后，他每年仅暑假回上海跟父亲见面。父亲很沉默，不太爱搭理他。在有限的记忆中，父亲不是整日流连在牌桌上，就是跟他相对无言。这样过了好几年，他突然就不愿意回去了，每到假期，他总有一万个借口留在敦煌，要么帮老师整理资料，要么去郊外写生。再见到父亲时，他已经是大人了。

二十岁那年生日，父亲破天荒来敦煌看他，脸上堆满了尴尬又不知所措的笑容，一顿饭吃得大家都很别扭。吃完饭，他独自回房，留着父亲和姑父姑妈聊天。不一会儿，他听到有吵闹声和哭泣声，于是打开门缝竖起耳朵偷听，才知道是父亲跟姑父姑妈借钱，而且这已经不是第一次了。

他突然感到很羞愧，姑父姑妈是两个家庭观念特别重的人，尽管没有那么喜欢他，但听到他父亲不管他了，立刻义无反顾地收留了他，这些年来待他也不错。他不能任由父亲这么没脸没皮下去……

之后的假期，他都在打工挣钱，蛋糕店小工、补习班助教、街头画画，他啥都干过。当他把一沓差不多一万块的钱递给再度来敦煌打秋风的父亲时，他看到了父亲脸上的羞愧。他想，还好，对方还记得自己是一个父亲，还要点脸。

但这种羞愧随着拿钱的次数越来越多，渐渐地就看不到了，尤其是他的画火了之后，父亲来拿钱仿佛就是例行公事，偶尔还会标配上虚伪的关心和急切、不知道该如何表达的讨好。

小川不屑这一套，无论父亲用什么态度对他，他都一副冷漠的样子。姑妈说父亲有点怕他，他觉得那也不错，至少可以减少接触，免得大家都不舒服。

人为什么会变呢？

小川记得小时候的父亲不是这样的。那会儿父亲好像蛮有钱的，家里住着别墅，还有阿姨打点生活，父亲总是打扮得一丝不苟，喷着好闻的香水，带着他和母亲开车出去兜风。他记得父亲笑起来弯弯的桃花眼，记得父亲健壮的、一把可以举起他的手臂，记得父亲滑雪时的潇洒、念英文时的优雅，吹口琴时的顽皮……这一切的一切好像从他犯错那天开始消失殆尽。

是的，他犯过一个巨大的错误。

时间再度倒流回他的七岁，父亲带着他去游泳池游泳。不知道为什么他从小就怕水，怎么学也学不会，父亲跟他开玩笑，把他丢在水里，结果他扑腾了几下，喝了好几口水，差点淹死。父亲没办法，只好把他放在岸边，自己去游泳。

他一个人在泳池边没事干，突然看到一个特别可爱的女孩也坐在岸边，忍不住就上去亲了她一下，女孩顿时大哭起来。

他被女孩哭蒙了。

女孩的母亲一把揪住他问："这是谁家的孩子？"

父亲迅速游过来爬上岸，说："是我家的孩子，发生什么事了？"

女孩的母亲对着他父亲破口大骂："你们怎么教育孩子的？这么点大，就知道耍流氓了，以后长大了还了得？"

父亲蹲下来问他为什么这么做。

他天真地告诉父亲："妈妈和弥生叔叔也是这么做的，

妈妈说，这是喜欢的表现。”

小川看着父亲的脸由青转红，又由红转白，笑容瞬间凝结在了嘴角边。

女孩的母亲拉着女孩离开了，周围的人也渐渐散去。

后来小川在回忆这一切的时候发现父亲是从那一刻开始变的，犯错的人是母亲，也是他。所以他给父亲钱，不仅仅是因为要赡养父亲，也因为要赎罪。

胡灵听小川讲完史小玉的故事后久久不语。

小川说：“我想，一个身处乱世中的人一定经历过很多苦难，才想用宗教来安慰自己，才能静下心来创作这么伟大的作品。”

胡灵反问：“苦难我相信，可为什么不是因为战乱、分离、背叛，而是疾病和亲情的羁绊？”

“你说的这些都是可以愈合的伤痛，战乱会结束，分离会重逢，背叛也可以绝交。但疾病和亲情的羁绊是永远无法消解的，那才是真正的哀莫大于心死。”

“这样太悲观了，观众会不舒服的。”

“难道要为了让观众舒服，就灌输给他们错误的思想吗？”

“错误的思想？”

胡灵见他激动起来，有点诧异。

小川察觉到自己失态，匆忙避开她的目光。

“我……我不是专业讲故事的人，这只是个推演，你不一定要按我说的来。”

胡灵沉默。

小川顿了顿继续说：“真实往往是残酷的，有时候让年轻人提早知道一点残酷也未必是一件坏事。”

小川说完一口喝完杏皮水，将纸杯扔进分类垃圾箱，迅速离开了。

这个人究竟经历了什么，才会有这样的想法？胡灵望着小川渐行渐远的背影思忖了良久。

今晚就是第一期短视频直播，她不能完全按小川说的说，那样太消极太负能量了，万一观众抵触情绪强，一下子搞砸了，敦煌文物研究中心还会不会继续支持她普及敦煌文化？要是不让她普及敦煌文化了，小川还会不会愿意继续跟她接触？可她要是不这么说，小川会不会生气？会不会以后都不理她了？他们之间的缘分会不会因此而终止？

“啊，好为难啊！”胡灵忍不住叫出声来。

周围的人纷纷侧头看过来，她这才发现自己坐在小吃店门口的大阳伞下。还好戴着口罩和墨镜，没人知道她是谁。

她赶紧低下头灰溜溜地离开了。

路上，她暗暗对自己说，胡灵，加油，你可以的，你一定可以的。

# 第八章 夜行

她觉得要征服一个高贵的灵魂，自己首先得有一个高贵的灵魂，唯唯诺诺只会逢迎不是她的性格

晚饭时间小川破天荒地回到了家中，思浓看到他愣了愣，问他有没有吃饭。小川摇摇头。

思浓笑着说："我刚好煮了泡面，你要不要也来一点？"

小川说："好。"

思浓分了一半泡面给他："每次煮面的时候都觉得一包太少，可是煮完两包又觉得太多，怕吃了发胖，但扔掉又可惜，你算来得正是时候。"

小川笑笑没有说话，二人闷闷地吃面。

间或，小川不经意地往里看了看。思浓会意，告诉他，胡灵去一个咖啡馆直播了，问他一会儿要不要一起看。

小川说两人已经对过流程了，就不再浪费时间了。说话间，面已经吃完了，小川要拿碗去洗，思浓让他放下，一会儿自己来。

小川回到房里，想拿起画笔画画，却怎么也静不下心来。小川扔下笔在床上躺了一会儿，忍不住拿起手机打开了直播App。

直播间里，胡灵对着观众侃侃而谈。她丰富的知识、优雅的谈吐和亲和力十足的笑容非常有感染力。小川看到有近一百万人在线，疯狂地弹出问题，他第一次感觉到胡灵的人气和她天生自带的无穷魅力。

终于讲到史小玉了，胡灵描述的故事跟他说的几乎一样。他轻轻地吐了一口气，有一种被认同的感觉，毕竟在说出来之前他也是忐忑和不自信的。

等等，这个女人在说什么？故事的走向怎么变了？

“史小玉细细地描绘着观音的眼睛，突然手一颤，线画了出去，在白纸上画出了一道黑痕。

“生活的琐碎搅得他心烦意乱，他很难静下心来作画，他将画纸从画架上扯下来揉成一团扔到了角落。

“现在的纸这么贵，富户提供的这些快要用完了，交稿的期限也即将到达，要是再画不出自己满意的画，后果不堪设想。

“这时父亲的咳嗽声再度传来，他猛地想起父亲的药快要吃完了，再买又需要五两银子，可是自己口袋里连五个大子儿都没有。

“人活着为什么要这么痛苦？他突然有了轻生的念头，他想起老人们说过的话，人死了之后会来到一个没有痛苦的极乐世界，那里开满了鲜红色的、像羽毛般细腻的彼岸花，还有一座雪白的仿佛玉雕成的奈何桥，桥上有个老阿婆叫孟婆，她会给他喝一碗汤，喝过之后前尘往事就都不记得了。

“‘不记得’是多么美好的一件事。心念转动间，他拿起旁边的刀狠狠地往手腕上割去，刀太钝，割了好几下鲜血才迸出，他仰面躺在地上，望着破旧不堪的屋顶，幻想着即将到来的极乐世界……

“可惜极乐世界没有来，一个巴掌把他打醒了，他睁开眼睛发现自己已经躺在了床上，手上的伤口乱七八糟地缠着破布。瘦骨嶙峋，脸上依稀可辨骷髅形状的父亲一边咳嗽一边像鬼一样地盯着他。父亲诉说着他的不孝，念叨着他死去的母亲，然后找了根绳子塞进他手里说，你要死，先勒死我。

“小玉的头又大了，他感觉脑袋里有一万只苍蝇在嗡嗡叫唤。这时父亲又开口了：‘你知道吗？忤逆不孝是要下地狱的，佛祖也不会饶过你，到时候上刀山下油锅，你忍得了吗？’

“他忍不了。

“父亲见他不搭话，抽搐着哭了起来：‘我知道你觉得我没用，拖累你了，可是我不想死，我还想在这世上喘气儿，还想等着吃一口白粥，还想看你成家立业。’

“小玉知道自己死不了了，他认命了……”

说到这里，胡灵突然卖了个关子，向观众提问：“大家觉得小玉的父亲是为了激起儿子的求生欲才这么说的？还是自己贪生怕死？”

屏幕下方激烈地讨论起来。

有的说，小玉的父亲就是贪生怕死，不然为什么自己不死，要在世上拖累儿子。

有的说，小玉的父亲死了，小玉就更没有活着的理由了，父亲活着是为了让他活着。

这些讨论对于普及敦煌历史和文化有什么意义呢？

小川关掉 App，打开微信想质问一下胡灵为什么要这么戏耍历史人物，但想想自己编得也没什么根据，只得把打好的字又删光了。

这个女人真是商业又俗气，根本不懂人间疾苦。

胡灵在回思浓家的路上一直在想小川看完她的直播会怎么想，没想到才一跨进门就看到了他全副武装准备去夜跑。

她问：“跑步？”

小川点点头。

“我可不可以跟你一起去？我很久没运动了。”

“这条路又不是我家的。”

小川往外走去，胡灵赶紧放下包追了上去。

四月的敦煌气候很舒服，今年没有沙尘暴，绿树在灯光的掩映下显得有一种朦胧的美。

二人跑了一会儿，胡灵忍不住问：“看了我的直播吧？”

“看了。”

“怎么样？”

“每个人有每个人的理解吧！”

“你不会生气了吧？”

“没有。我早说过我不擅长编故事，以后这样的事儿还是别问我了，需要什么资料我随时给你准备。”

小川说完往前跑去。

胡灵迅速追上去。

“我看你还是生气了。其实我觉得人性虽然复杂，但也不一定全是不好的，我们看事情往往只看到自己眼前的一幕，忽略了别人的立场……”

小川不想再听下去了，说：“胡小姐，您太认真了，这是您的工作，我只是负责来协助您而已，您不需要在意我的情绪。”

“我最在意的就是你的情绪。”

胡灵话一出口，心中暗暗后悔，两人之间的空气瞬间凝结。

胡灵赶紧找补：“我是说既然合作就必须要互相坦诚，在意对方。”

小川整个人松懈下来，胡灵也偷偷吐了口气，好险！这样的男人不能操之过急，在他还没有对自己产生好感之前绝对不能把他吓跑。

胡灵说：“傅先生，你愿不愿意听听我的故事？”

小川看了她一眼，慢慢地往前跑去。

胡灵亦步亦趋地跟了上去。

她说起了自己的童年，说起了对母亲的不满，说起了自己筹谋已久的逃离。

小川没想到眼前这个哗众取宠的女人居然也不是一帆风顺的，他慢慢地放慢脚步停下来倾听她的讲述。

“在我终于存够钱，准备搬出去的前一晚，我的继父专门找我单独聊了聊。他告诉我，在他跟我妈结婚的前一天我妈对他说，他不是她所有追求者里她最喜欢的那一个，之所以选择他是因为觉得他跟我最处得来，也能给我安定富足的生活。她让继父想好了，要是能接受这样的婚姻她就嫁。最终继父选择了妥协，而我母亲为了投桃报李，也对他格外好！”

胡灵凄然一笑，眼睛里盈盈有泪光浮动：“瞧，我还一直以为母亲有了新家庭不在乎我，不爱我，殊不知她已经为我付出了一切。继父还说，当初她刚嫁进去的时候不受待见，怕我也遭受白眼，所以对我很严厉，希望我优秀一点，再优秀一点，后来眼看我变得叛逆了，她也很自责。”

“你有个好妈妈。”

“是的。”胡灵拭去泪光轻轻地一笑，“所以后来她跟我的继父越来越恩爱，生了弟弟之后又忽略我，我也不在意，因为她给我的已经是我这一生最富足的了。”

胡灵见小川不说话，轻轻一笑：“你妈妈也一定很好吧？”

“当然。”

“那你能理解我为什么这么说了吧？”

小川沉浸在自己的世界里没有回应她。

“傅先生，傅先生……”

小川伸手看了看表：“时间差不多了，我明天还要上班，先回去了。”

他逃也似的跑了。

胡灵有点丈二和尚摸不着头脑，这人怎么这样？自己不是跟他住在一个屋檐下吗？为什么撇下自己先跑了？

她转念一想又想通了，也许他是被自己的故事感动了，不想在自己面前流露出真情实感。男人，总是要面子的。

胡灵觉得自己又迈出了一大步，忍不住绽放出笑容。

后来思浓问胡灵，为什么不顺着小川说的来，这样不是能避免矛盾，拉近彼此之间的距离吗？

胡灵不这么想，她觉得要征服一个高贵的灵魂，自己首先得有一个高贵的灵魂，唯唯诺诺只会逢迎不是她的性格，要是小川喜欢这样的女生，那只能说明她不合适他。另外，喜欢是喜欢，表达是表达，她永远不会因为喜欢一个人而放弃独立的思想和人格。

思浓觉得很无语，但又觉得胡灵和小川莫名的相配，具体哪儿配她又说不上来。

小川气喘吁吁地跑回屋，抹了抹头上的汗，脱光衣服走进浴室里洗澡，哗哗的水声根本冲不掉他烦乱的思绪。

擦干身体披上浴袍对着镜子开始吹头发，他突然发现自己跟母亲长得出奇的像。父母虽然都长得好看，但父亲是那种欧式混血儿长相，轮廓深，母亲则是细眉细眼的，有种古典的韵味，这种长相体现到他身上就显得特别斯文。要不是他一直健身，练就了一副好身材，很容易被人当作文弱书生，当然，即使这样，他也常常会被路人当作某个明星。

换好睡衣躺在床上，记忆中母亲的形象就越发清晰了。她是1970年生人，穿着打扮非常入时，要是现在还活着也一定保养得宜，看着就跟90后差不多。她一定还在坚持她热爱的舞蹈，没准还会参加演出。她绝对不会催他恋爱或者结婚，用她的话来说就是，我的儿子，不需要有任何束缚，也不需要有任何成就，开心快乐就好了。

自己今天是怎么啦？怎么老想着这些不着边际的事，都怪那个叫胡灵的女人，沽名钓誉不说，还总是让人跌入她的语言陷阱，跟着她的思路往前走。谁知道她说的是真是假？算了，不想了，睡觉吧！

小川关灯闭上了眼睛，但翻来覆去怎么也睡不着。他起身走到柜子前，从最底层拉出一个盒子，里面放着母亲的日记本。这是父亲搬家的时候找到的，他说他不敢看，扔了又可惜，就给小川邮了过来。小川也不敢看，将日记本塞在柜子里好久了，他几乎快要遗忘了，今天不知怎的，他有点想打开它。

这是一个红皮同色篆刻日记本，封面上凹着两个大字“偶得”。很小的时候，他见过母亲在这个日记本上写过什么，他曾问母亲，现在有电脑，打字就好了，为什么还要写下来？母亲笑着告诉他，电脑的发明是为了让更多人看到和传播，人们要表达的总是他们希望给人看的那一部分，一点儿也不完整不真实，但写下来的文字是属于自己的，可以很坦诚很直接。

母亲是不是还有什么是自己不知道的？

小川好奇地打开了日记本的第一页，上面用娟秀的笔迹写着一句话：

一切有为法，如梦幻泡影，如雾亦如电，应作如是观。

# 第九章 锦书

傅山，我都告诉你我出轨了，
你为什么还无动于衷？
你到底有没有爱过我？
你到底发生了什么事？

杨佩筠毕业于 ×× 舞蹈学院，毕业后考入了一个现代舞剧团。她人长得漂亮，专业又好，自认为一进团就能被当作台柱子培养，但事实不是这样的。

你永远无法想象一个小小的剧团里有多复杂的人事关系，领导们分成了好几个派系，你要是不站队，永远也别想有机会，如果几派联合起来对付你，你就惨了。

刚进剧团的时候佩筠啥都不懂，跟一位舞蹈底子好的姐姐——闻青走得近，自然也被归到闻青所站的那个队。闻青很照顾年轻人，常常带着她们一群小姑娘吃吃喝喝，也替她们在领导面前争取机会。佩筠原以为这位姐姐会是她一生的良师益友，但很快这样的日子就不复存在了。一次，她跟着闻青跳一个现代舞剧《白蛇》，闻青是女一号白蛇，她是青蛇，这是她第一次有这样的机会，也是闻青给她争取来的。她跳得分外卖力，观众们掌声如潮，光谢幕就谢了三次，结束时院领导还专门上前夸了她，可把她高兴坏了。正当她兴高采烈地奔向闻青想要跟闻青分享这份喜悦时，闻青突然就不理她了，不仅如此，还偷偷拉着其他舞者孤立她。很快，她的青蛇角色也被换下来了。她不知道发生了什么，想去问问闻青，闻青完全不理睬她，连看她的眼神也像看仇人，把她整个人搞蒙了。

没多久剧团里开始流传关于佩筠的一些闲话，什么被包养，得脏病之类的，她想解释都无从解释。有个跟她关系还不错的舞者告诉她，这一切都是闻青说的，她顿时觉得五雷轰顶。

没多久，李团长解答了佩筠的疑惑。他说闻青一直是现代舞团的台柱子，她之所以对新进来的女生们好，说好听点是拉帮结派，收一帮小妹，说难听点就是想笼络她们更好地为自己服务，她怎么允许佩筠在舞台上夺走她的光芒。

李团长还说，当年闻青生了重病没办法跳晚上的舞剧，团里安排了一个年轻的舞者代替，结果她发着40℃的高烧，强撑着病体来了，一场跳完差点没死在台上，但她就是不肯给年轻人机会。这件事算算距离现在也快十几年了，闻青也是四十开外的人了，女一号的机会越来越少，怎么会允许佩筠抢夺她仅剩的资源。

李团长是个好人，他本身是舞者出身，特别惜才，他总是鼓励佩筠，给她很多机会。因为闻青的介入，佩筠无法参加团里的保留剧目，他就安排一些新剧目给她，像《秋之祭》《楚歌》之类的，佩筠总能大放异彩。

但佩筠仍然有些失落，不过她热爱舞蹈，她愿意等待，果然机会很快就来了。

闻青突然被查出患有白血病，剧团要她立刻停演治疗，李团长和欧阳副团长斟酌再三决定让佩筠来跳白蛇。消息一出，大家议论纷纷，都说佩筠和李团长有一腿。

李团长的老婆听到消息还来狠狠地闹了一场。对方揪住佩筠的头发就给了她两巴掌，还指着她的鼻子说，要是她再敢勾引李团长，就跟她同归于尽。

这一出闹剧，让原本的闲言碎语仿佛有了实锤。佩筠不希望老领导背黑锅，主动提出要辞演。李团长很生气，说：“小杨，清者自清，我们不能因为别人的目光而放弃自己的梦想。你都练了这么久了，难道因为一个莫须有的罪名就退缩了？你这样不仅不能撇清我们的关系，还会有人觉得我们做贼心虚。你就要堂堂正正地跳，证明给所有人看，你是凭实力取胜的。”

“可是团长，人言可畏，我一个人也没什么，但您……”

“你没什么，我一个糟老头子也没什么，你一定要跳，天塌下来我顶着。”

因为这样的鼓励佩筠咬牙撑了下来，每每走在回廊里听到别人的窃窃私语，总觉得如芒刺背，但她知道不能这么下去，她得投入，她得对得起团长。

就在这时候，闻青推荐了剧团另一个新人陆小萍。

李团长觉得陆小萍排练时间太短，来不及了，陆小萍当即在所有人面前跳了一段，舞姿优美，不输佩筠。

欧阳副团长跟李团长向来面和心不和，当初把屎盆子扣在李团长头上就有他的授意，据说李太太来闹也是他一手安排的。这次，他也是站在陆小萍这边。他的理由有两个：一、陆小萍是闻青的嫡传弟子，符合剧团传承的传统；二、李团长和佩筠的事闹得沸沸扬扬，该避避嫌。

瞧，表面上还是在为老领导考虑。

佩筠倒是无所谓，但李团长这次吃了秤砣铁了心，既然大家有争议，他就提出比赛定输赢。欧阳副团长犹豫，但陆小萍答应了，她对自己的专业水平信心十足。

为了避免有人暗中动手脚，李团长亲自带着佩筠拜访了剧团里所有的老人，希望他们当评委的时候客观公正。大家都被他的执着感动，但背后都在为他的晚节不保而惋惜。

比赛当日赛况异常激烈，但佩筠条件太好了，轻而易举就赢得了众评委一致好评，气得闻青大怒而去。只是到了演出当日，剧团还是决定由陆小萍跳白蛇角色。

有人告诉佩筠，陆小萍新男友的父亲不是普通人，是管他们这一行的。

消息是真是假佩筠不知道，她只看到李团长突然被提早退休了，欧阳副团长升了团长，她渐渐地变成了伴舞，同事们对她的敌意也消散了。被议论的人变成了陆小萍，但他们不敢像当初对待她那样肆无忌惮，而是小心翼翼地在背后议论。

这样的日子没意思透了。

不过也有一件好事，有个男人在追他。他叫傅山，比她大五岁，是个白手起家的小富豪。佩筠不懂商业圈的一切，但见他对自己又有耐心又够信任，忍不住好感倍增。尤其是李团长和她的绯闻铺天盖地时，连她自己都有点自卑了，但他还是一如既往地守在她身边告诉她，一切都会过去的，还逗她说，自己会看相。

《周易》乾卦第五爻中的九五是“飞龙在天，立现大人”。这一爻是整个《周易》六十四卦中最吉利的一卦，那么在九五之前的九四是什么卦呢？要经历什么才能飞龙在天呢？傅山说，是或跃在渊，无咎。也就是说，你跌到谷底了，才能爬起来承接更好的运势，他觉得她马上要走大运了。

这么说也没错，不久佩筠就从剧团辞职嫁给了傅山，次年随丈夫从北京搬到了上海，同时也有了他们的爱情结晶——傅小川。这可不就是否极泰来吗？

佩筠跟傅山一直很恩爱，直到小川五岁那年，不知道为什么，傅山突然总是早出晚归，不修边幅，她问他发生了什么，他让她别胡思乱想。

刚开始佩筠还觉得他只是工作太累，但渐渐觉得不对，他在家的时间越来越少，就算在家也不愿意多跟她交流，到了最后甚至都不愿意碰她。她要是穿得性感一点，主动一点，傅山就抱着枕头去书房睡。这样的冷暴力整整持续了两年。

佩筠怀疑傅山在外面有女人了，查过他的手机，也跟踪过他，却一无所获。她想跟傅山坐下来好好聊聊，傅山总说她太敏感了，烦死了，要是受不了他就离婚好了。

佩筠有点不知所措。她在网上查了很多资料，怀疑丈夫的身体出了问题，很可惜也没有。那日他在洗澡，她拿毛巾给他，分明看到他正常得不能再正常。

难道是厌弃自己了吗？这么想着，佩筠心里顿时有点慌。

加剧这种状况的是陆小萍的巡回演出，上海是第二站，她专门请佩筠去看了。看完之后，佩筠久久不语，她不得不承认陆小萍的舞技已经超越她太多了。深夜，两人去酒吧喝酒，小萍告诉她自己跟那个领导的儿子分手了，说幸好没有嫁到他们家，不然放弃了事业，又抓不住丈夫，不是什么都没有了吗？女人啊，还得自己能赚钱。

她说的恰好是佩筠此刻面临的状况，所以当佩筠看到舞蹈室招舞者的时候，二话没说就报名了，傅山也不管她，这样倒好，大家各忙各的。

舞蹈室的弥生是个真正的舞蹈狂热者，他的舞技出神入化，当代很少有人能企及，但太过于艺术家脾气，谁都不服，谁都看不起。

刚开始的时候，他对佩筠也没什么好感，但在接触过程中慢慢地被她脆弱的外表和强大的内心所吸引。他是真的爱上佩筠了，但佩筠不是，她想狠狠地报复一下丈夫，她恨傅山。

天光渐渐露白，小川翻到日记的最后一页，上面的日期恰好就是母亲出事的那一天。只见她凌乱地写着：

傅山，我都告诉你我出轨了，你为什么还无动于衷？你到底有没有爱过我？你到底发生了什么事？要是之前的五年都是一场梦，那你的表演也太好了。要是你有什么苦衷，为什么不告诉我呢？想不通！

日记到这里就结束了。小川这才发现自己根本不了解母亲，或许也不了解父亲。他突然想回一趟上海跟父亲好好地聊一聊，替母亲，也替自己找到那个答案。

小川在手机上订完机票出门时刚好碰到了胡灵。

“早。”

“早！”

胡灵看他两只眼睛黑眼圈严重，关心地问：“昨晚一夜没睡？”

“咖啡喝多了。”

“以后少喝点。”

小川点点头。

胡灵又说：“今天我们找个时间继续讨论一下史小玉的后续故事？”

小川说：“抱歉，我有急事要去一趟上海，已经跟领导说了，你要是急的话，可以找别的同事帮你。”

胡灵忙不迭摇摇头：“不急不急，你忙你的，我再去找找资料。”

小川转身离开。

胡灵望着他远去的背影定住了。

思浓打着哈欠走过来攀在她肩上：“怎么样，有进展吗？”

胡灵笑了笑，用力地点了点头。

望着她胸有成竹的样子，思浓露出了难以置信的表情。

# 第十章

# 秘密

小川想，岁月是否真能抚平一切，
痛多了就不痛了，
还是他根本就无所谓？

小川下了飞机才发现忘了通知父亲，但这时候再发微信给父亲必然会令他措手不及，索性就不说了，直接打了车赶往曹家渡。

父亲从别墅区搬到旧房子后，他过来跟父亲住过一阵子，现在回想起来也快十几年了吧。旧房子拆迁，父亲搬到现在这里他就没来过了，手上的地址是平时帮姑姑发快递、寄特产留下的，他方向感不好，不知道找起来会不会费一番周折。

沿着河道过来，车开不进去，就停在了路口。小川下车往前看，这是一条老式的街道，街口的点心店热气蒸腾，卖菜的、摆地摊的商铺林立，仿佛是一个小世界，要不是楼下有两个二十四小时便利店，小川还以为自己穿越到了八十年代。

就在这时候，一个熟悉的身影映入他眼帘，父亲正跟一个三十来岁的女性有说有笑地迎面走来。在他看到父亲的同时，父亲也看到他了，显得有点局促，也有点尴尬，但更多的是惊喜。

跟着父亲跨进家门，跟想象的不同，屋里收拾得干净而敞亮。父亲一边忙不迭地从冰箱里拿出可乐塞给他，一边解释："刚刚你看到的那个姑娘是隔壁李婶介绍的，我推了好几次推不掉，就去见见，今天也不过是第三次见面……”

小川点点头，不置可否。他环顾四周，墙上挂满了父亲和母亲年轻时候的照片，那时候的父亲脸上洋溢着一股呼之欲出的傲气，跟眼前的人形成了鲜明的对比。

父亲又问：“怎么突然来了？出差吗？也不提前告诉我一声，我好去接你。”

“我是专门来看您的，有些事想问问您。”小川说完从包里掏出母亲的日记本放在桌上。

父亲愣了愣，问：“你看啦？”

小川点点头。

在来的路上，他曾幻想过父亲再度看到日记本的模样。是悔恨？羞愧？还是委屈？

但眼前的人脸上什么表情都没有，有的只是平静和平常。

小川想，岁月是否真能抚平一切，痛多了就不痛了，还是父亲根本就无所谓？那也能够理解，毕竟谁也不会无休止地怀念一个出轨的亡妻。

当小川叙述完日记的内容，追问父亲答案时，父亲点上了一根烟。小川知道父亲的习惯，父亲平时是不抽烟的，只有心情不好的时候才会来上一根。他突然有点不忍心，但好奇心终究还是战胜了不忍心。

往事随着父亲口中喷射出的袅袅青烟回到了二十一年前。

年轻的傅山炒股赚了钱之后投资了一家游戏公司，本来收入可观且稳定，但人在安逸中总是渴望突破和发展。他轻信了一名游戏设计者，贷了很多款，投入新游戏的开发。2000 年初的游戏市场异常蓬勃，按他的预计，游戏只要一拿到版号上市，半年就能收回成本，三年之内公司就有机会上市。但就在游戏即将拿到版号的前夕，同事发现美国有一款同样的游戏已经上市了。再去找那个游戏设计者，发现对方早已拿了钱逃之夭夭。涉及版权问题的游戏要不要上市是当下要考虑的问题，傅山犹豫了半天还是决定不上市。一旦上市，抄袭的骂名，官司的纠缠，会让公司彻底完蛋。但是不上市，欠下的巨款怎么办?

同事劝他尽快将私人资产转移到佩筠名下，然后两人离婚，这样的话还能给孩子留点学费和生活费。傅山觉得这事儿必须跟佩筠商议一下，同事说不行，这世上谁都不是天生的演员，要是两人商量好了，面对追债的人、法院的人，以及各种媒体时，佩筠言行之间必定会有破绽。但如果两人真的感情破裂离婚的话，他出事了，吃瓜群众站在女性是弱者的角度说不定还会同情佩筠，这样她和孩子都安全了。

没有比这更好的办法，傅山只能按计划来，一边跟贷方拖延还款时间，一边想方设法跟佩筠拉开距离。他想，要是能渡过这个难关，一定会加倍疼她爱她补偿她所承受的一切，要是不能渡过这个难关，也别连累她，至少要保障他们母子未来的生活。

傅山没想到佩筠的反应这么大，冷战，出轨，争吵……事情好像朝着他完全想象不到的方向发展，然后她就出车祸死了。

她死的这一天刚好债主上门，当他处理完她的丧事之后，法院就把他列入了失信者名单。他不想在失去爱人的同时，让儿子也遭受被人嘲笑的命运，这才拜托姐姐把小川带到了敦煌。

父亲说得很平静，就像说别人的事一样，他说他已经还完所有债了，以后不会再有这样的情况了。

小川很好奇，父亲为什么一直不跟自己说这些。

父亲摇摇头说："有什么好说的？说了你母亲能活过来吗？更何况这件事本来就是我造成的，我就算辩解一万次也改变不了这个事实。"

小川听了鼻子酸酸的，他感到童年那个伟岸的父亲又回来了。他说："现在国家政策这么好，大家生活水平都提高了，你为什么不东山再起呢？以你的实力应该不会像现在这样。"

父亲笑了笑，答道："一个人被打垮还能站起来是因为他还有站起来的动力。你母亲不在了，你又不需要靠我，我还那么拼干什么？每天打打麻将，看看书，日子平平淡淡不好吗？每天在商场上拼死拼活地厮杀，什么时候才是个头儿？人的欲望无穷无尽，可是别忘了，赚再多的钱也不过是三餐一宿，何必呢？"

小川凝住了。

父亲伸手拍了拍他的肩膀："我这样说太消极了，你们年轻人有年轻人的想法，你不要受我的影响。我这几年看了很多哲学方面的书，我认为每个人来到这世上都是有自己的责任和使命，有时候我甚至会想，也许我的责任和使命就是把你带到这个世界上，而你的使命还长着呢，加油！"

责任和使命？

在回去的途中，小川一直在想这两个词。他从来没想过自己来这世上是为了什么，没几年就要奔三了，是时候想想这个问题了。

回到家的时候天已经黑了，他正要开灯，灯却突然亮了，他看到姑姑姑父、思浓和胡灵捧着生日蛋糕站在他面前。

姑姑说：“小川，生日快乐！”

小川这才记起今天是自己的生日，好奇怪，自己和父亲居然都不记得了。

他问姑姑：“你们不是去旅游了吗？怎么回来了？”

姑姑和姑父互相抢话。

姑姑说：“我定行程的时候就安排了今天回来，要给你个惊喜。”

姑父说：“我让她买个新疆和田籽料给你做生日礼物，她偏嫌贵，只买了件普通的衣服。”

姑姑很生气，立马反驳：“花几万买块石头干什么？衣服不一样，既保暖又好看，小川你说是不是？”

原本沉重的心情在一片欢腾中消弭于无形。吹蜡烛时，小川看到胡灵微笑地站在他对面，显得特别娴静，跟往常不太一样。她朝他笑了笑，他也朝她笑了笑。

小川第一次仔细地审视她，她不算是绝对的美女，但时尚感十足，有点像街头大牌广告里的混血女模，笑起来的时候有点傻大姐的样子，不笑的时候又透着高贵冷艳，超出五官比例的大眼睛一眨一眨的，带着一丝不服输和狡黠。小川想，在她这样强悍的外表下又隐藏着什么样不为人知的故事呢？

晚饭后，姑姑在厨房洗碗，小川和姑父在院子里散步。思浓和胡灵拎着箱子出来，小川看到她们愣住了，问：“这么晚了你们还要去哪儿？”

思浓说胡灵要去酒店住，让小川劝劝。小川还没开口，胡灵就说，自己一早就订好了酒店，不去住押金不退。

思浓要小川帮忙送胡灵，小川还没回答，思浓就把箱子塞进了他手里，推二人出门，姑父要去帮忙，被思浓拉住了。姑父这才会过意来，露出了了然的微笑。

出了门口，小川问胡灵住哪个酒店，胡灵说就在前面一公里处。小川要打车，胡灵说："这么点路，还是走走吧，正好晚上吃多了，也好帮助消化。"

小川点点头，于是两人就沿着人行道慢慢地往前走去。

胡灵告诉小川，第一期视频的效果特别好，不仅吸引了很多人关注史小玉，就连印刷的千手千眼观音像也卖得很好。

小川恭喜她旗开得胜。

胡灵说每一次的成功都代表着下一次的压力更大，第二期她准备做一个"爱情"的主题，需要小川帮忙。

小川乐了："敦煌文化以佛教、道教文化为主，哪里来的爱情主题？"

胡灵说："爱情故事是最吸引年轻观众的，敦煌壁画里的爱情故事也不少，比如《佛说摩登女经》，摩登伽女对佛祖的弟子阿难一见钟情……"

胡灵定定地望着小川，一字一句地念出来：

"佛言：'汝爱阿难何等？'女言：'我爱阿难眼、爱阿难鼻、爱阿难口、爱阿难耳、爱阿难声、爱阿难行步。'佛言：'眼中但有泪、鼻中但有涕、口中但有唾、耳中但有垢、身中但有屎尿臭处不净。其有夫妻者，但有恶露，恶露中便有子，已有子便有死亡，已有死亡便有哭泣，于是身有何益？'"

小川说："佛祖已经给了答案了，摩登伽女最后也出家了，哪里还有什么爱情？"

"可她是为阿难出家的。"胡灵急切地说道。

小川不知道该怎么接话。

胡灵发觉自己有点失态，忙补了一句："我不管，我只是个普通的女人，遇到我喜欢的男人，我就是要接近他，和他在一起，哪怕后面的结局是不好的。"

两人挨得很近，气息交织在一起。小川避开她的目光，踩着地上的影子往前走："那你准备讲述谁的爱情？"

"还是史小玉。他还没有到敦煌，还没画千手千眼观音呢！他是所有被历史淹没的画师代表。我想在他的故事里融入服饰、舞蹈、乐器等各种传统文化，必定很有说服力，也十分有趣。"胡灵讲完兴奋地望着他，强调了一句，"你会帮我的对吗？"

"我可不会陪你疯。"

"你会的。"

小川望着她胸有成竹的样子笑了。

胡灵问："你笑什么？"

小川不答。

胡灵见状，怀疑自己是不是说得太轻挑太鲁莽了，脸上一阵发烧。

说话间，两人已来到酒店门口。胡灵如释重负般吐了口气："我到了，谢谢你送我过来。明儿见。"

"明儿见。"

胡灵从小川手里接过箱子，昂首挺胸，迈着自信的步伐，头也不回地往酒店跑去。

小川没有看出她的尴尬，反而觉得她很飒爽。

回去的路上，小川一直在想胡灵的话，不是那些与工作有关的，而是那句：我不管，我只是个普通的女人，遇到我喜欢的男人，我就是要接近他，和他在一起，哪怕后面的结局是不好的。

她真的好有勇气，比自己强多了！

走回家中已经凌晨十二点了，小川看到姑姑还在等他，心里涌起些许暖意。他突然问姑姑："我从小到大是不是很麻烦？"

姑姑说："是啊，你最麻烦了，自从你来了之后，我没有一天是省心的，但我还是很开心生命里有你，因为对于家长来说，每一个孩子都是独一无二的，都是我们最美好的经历。"

这一晚小川睡得很好，也没有做梦，因为有好多好多他不知道的爱包围着他，他相信总有一天，他会慢慢发现它们的。

# 第十一章 茱萸

夫妻之间处久了就会变成亲情，就连文人墨客的爱情诗也都是写给露水姻缘和亡妻的

蒹葭苍苍，白露为霜，所谓伊人，在水一方。

浓淡不一的鹅黄组成的沙漠上，天水碧的蓝天显得格外清朗。画中有一男一女两个古人，他们似乎很近，但其实很远。当风沙吹起的时候，他们的世界里就再也看不到彼此了。

小川又细看了史小玉留名的几处画，他发现史小玉画的飞天、佛像、舞者的脸孔都十分相似，以至于今人不需要看画技和手法就知道出自同一个人之手。

那张脸孔是谁？她和他有着怎样的关系？小川开始慢慢推测。

“元朝至正十一年，红巾军起义爆发。元顺帝急于要挽回颓废的政治局面，一方面励精图治，除权相、修法典，一方面起用贾鲁治理黄河缺口。

“治河是件利国利民的大好事，但被拉来服役的百姓不这么想，他们终日哀悼自己悲惨的人生，传播着怨气和戾气，仿佛给气数将尽的元朝提早敲响了丧钟。

“那会儿父亲刚刚去世，小玉原本也该加入这个行列，但因为他一手出神入化的画技，被留下来给县令大人的新宅画一尊巨型观音。他很满意这样的生活，日出而作日入而息，县令大人也很赏识他，给他的酬劳比一般画师的要高出许多。

刚开始的时候他还有点战战兢兢，如履薄冰，时间一久也就松弛下来了，偶尔还在画画的时候喝点小酒。茱萸劝过他好多次喝酒误事，但他半点也听不进去，毕竟人总得有点嗜好，不然多无趣啊。

“茱萸是他的心上人。他第一次见她的时候刚刚干完活儿，喝着小酒往家里走，走到途中有些醉意，便倒在旁边一棵茂盛的桃花树下小憩。这可苦坏了爬到树上摘桃花的茱萸，下来吧，万一被这个男人看到了，名节还要不要？但不下来，太阳快下山了，再不回去，父母该焦急了。怎么办呢？她急得快要哭出来了，自己不过是想摘点桃花做个香包而已，怎么就落到被困在树上的境地了？正想着，她的手一颤，盛桃花的小筐猛地一翻转，刚摘的桃花片片纷飞，全部倾倒在了树下的小玉身上。

“‘下雨了下雨了。’小玉边嘀咕着边从睡梦中醒来，一抬头看到桃花树上的茱萸，顿时惊为天人。

“桃花还在飘落，二人看到彼此的第一面就已经注定了之后所有的缘分。

“茱萸是县里药材铺掌柜的女儿，也是小康之家，小玉托媒人去说媒，很快就被应允了。之后两人虽未完婚，但走动得很勤。茱萸的父亲认为，自家小门小户不比大户人家讲究，女儿和小玉反正迟早要在一起，也就不用避讳了。

“小玉有个师弟叫吴仁，是他授业恩师的独生子，但因为学艺不精，自小就被恩师嫌弃，心中就恨上了小玉，觉得是他抢夺了自己的父爱。恩师去世后，吴仁被拉去治理河道，更是积攒了一肚子的怨气，三天打鱼两天晒网，经常被差役打得浑身是伤回来。小玉看在恩师的分上，经常接济吴仁和寡居的师娘，每回给吴仁涂伤药时，都不免要数落他一番，当初若是好好跟恩师学技艺，今日也不会落得如此下场。吴仁嘴上唯唯诺诺，心里却各种不舒服和看不惯，心想：你能有今日还不是靠我家，这会子倒来说风凉话，早晚我要让你也尝尝苦头。

“心里一旦有邪恶的种子便会开花结果，很快机会就来了。这一日师娘做了一些酱菜要吴仁送去给小玉，吴仁本不愿意，架不住他娘一再唠叨，只好骂骂咧咧地前行。来到县官新宅的时候，吴仁看到两层楼高的观音已经画到了最高处，而小玉提着一壶酒趴在高高的竹栅栏上小憩，顿时怒从心头起，恶向胆边生：好你个史小玉，我们拼得累死累活也赚不到几文钱，你倒好，拿着大把酬劳在这里睡大觉，这还有天理吗？

“嫉妒是人性里最恐怖的元素，它会让人犯罪，也会让人疯狂，当魔鬼牵着吴仁的手让他打开竹栅栏上的绳索时，他一定是兴奋的，他想他终于可以出一口恶气了，至于这口恶气出了对他有什么好处？他完全没有想。

“绳索松开的一瞬间，小玉醒来了，他睡眼惺忪地望着吴仁，不知道吴仁为什么会出现在这儿。吴仁也被吓到了，两人就这么对视了一秒，竹栅栏轰然倒地。

“小玉的手和脚都摔断了，县官给他的抚恤金经过层层盘剥到他手里已所剩无几，大夫们都说他废了。看到他气若游丝地躺在病床上，吴仁脑海中闪过一丝后悔，但他又很快地说服了自己——谁叫小玉在自己面前嘚瑟？谁叫小玉还教训自己？谁叫小玉画画的时候喝酒，自己不过是一时冲动罢了……”

小川指着壁画上的痕迹给胡灵看：“你看这儿，还有这儿，他的右手一定受过很严重的伤，所以到了一气呵成的拐笔时就要借助左手的力量。”

胡灵不懂绘画，但也觉得小川好厉害，她怔怔地望着小川，一动不动。小川被她看得有点不好意思了，不由自主地低下了头：“你看什么？”

胡灵说：“男人讲述专业的时候最有魅力。”

“研究中心里每个老师都有这样的能力。”

“可是他们都没你帅。”

“谢谢，你很有眼光。”

这个男人总喜欢把话题聊死。

胡灵顿了顿，把目光调回画上：“小玉的手废了之后是怎么好的呢？会不会是茱萸的鼓励和陪伴让他慢慢康复的？”

“我不这么认为。那个年代的女人是属于家族的，不可能自己想做什么就做什么，她的父母一看到这种情况一定会让她退婚。”

“她不会退婚的。”

“你又知道？”小川微笑地望着胡灵。

胡灵正色道：“为什么你总觉得任何事在人性面前都是不堪一击的？难道就不能有至死不渝的爱情？戏文里还在唱王宝钏苦守寒窑十八年，梁山伯与祝英台，茱萸为什么就不能反抗父母留在小玉身边呢？难道是你个人有什么不堪的经历，自我代入了吗？”

小川的笑容慢慢在嘴边凝结。他想到了柳静静，就是之前思浓说的那个守在他家门口跟他表白的女孩。

柳静静长得白白嫩嫩，脸圆圆的，笑起来亲和力十足。小川答应替她补习当然不是为了要重温功课，而是另一种变相的回应。这是他第一次对一个女孩心动，他格外珍惜。

结果却是让他失望的。

那一天，他跟往常一样去她家补习，走到房门口听到她在讲电话，他准备离开，却突然听到了自己的名字……

“你说傅小川啊，他像个木头，不过人挺帅的，我不知道我能不能搞定他。对了，王明华给我回微信了，他篮球打得那么好，虽然不是很帅，但冲那体格，我也可以考虑。还有朱家鼎，他跟我表白很久了，我也没拒绝他，他虽然不帅又没运动细胞，但家境好，学习好，从长远考虑……”

后面的话，小川没有再听下去，他飞快地跑了。跑在路上，他大喊了一声，引得路人纷纷侧头看过来。他想明天他还会去给她补习，但肯定不是之前计划的那样。她把他当作备选，他也可以把她当作温书工具。

“喂，你怎么啦？不会是被我说中了吧？”胡灵伸手在小川眼前晃了晃。

小川掩饰地一笑：“我刚刚在想，要是你的说法成立的话，小玉为什么要反复画一张整天都在身边的脸呢？夫妻之间处久了就会变成亲情，就连文人墨客的爱情诗也都是写给露水姻缘和亡妻的。”

“也许他们在战乱中失散了，也许茱萸死了。”

“你站远一点看看，画像的表情像什么？”

胡灵好奇地看了小川一眼，退后几步看，问：“像什么？”

“像不像愧疚？”

胡灵恍然大悟：“你这么一说，好像是这么回事。”

小川说：“为什么愧疚呢？一定是茱萸离开了他，所以他希望每一张画里的茱萸都是愧疚的。”

胡灵正欲开口反驳，小川伸手一挡：“当然，这不一定是茱萸的问题，也许是小玉的问题。我看过一本心理学的书，身患重病的病人一般都很偏激，他们会怀疑自己的存在价值，对活下去没有信心。身边的人稍有疏忽，他们就觉得对方已经放弃自己了，为了找存在感，证明自己活着，他们会不断地折腾。一天二天还好，要是时间一长，没有人受得了，要是这时候再出现一个各方面都比小玉好的男子，结局不用我讲了吧？”

胡灵赞同地点点头：“这个倒是有可能。”

小川很诧异她这么快就认同了。

“我在其他窟里看到一些飞天群像图，从技法和年代来看很有可能是史小玉的手笔，最奇怪的是，那些图的排列跟古代的行兵布阵图类似，再加上巨幅画作上的着色均匀，显得小玉臂力惊人，我怀疑他当过兵。”

胡灵说：“那你觉得后面的故事是什么样的？”

小川望着画像，神思再度飘向遥远的元朝末年。

“小玉受伤后，刚开始还比较平静，等了一年手还没好，他就开始急躁了，骂自己没用，责怪命运不公，看周围一切都不顺眼。茱萸倒是不离不弃，一直守着他，还央求父母想赶紧嫁过来。但父母只有这一个女儿，怕她吃苦，硬是不同意，茱萸没办法，只好跟父母僵着。

“按理说，小玉应该感激茱萸才是，但他没有。他觉得她照顾自己是演戏给邻居看，要博个好名声，她劝他、安慰他是看扁了他好不起来了，故意刺激他。小玉抱着这样偏激的想法看待这一切，哪一天茱萸要是来晚了，更了不得，等待她的简直就是一场暴风雨。

“尽管过后小玉都会后悔，都会跪在地上哭着求茱萸原谅，但这一点一滴还是击溃了茱萸的心。

“这时，任东出现了。他是镇上的小财主。茱萸的父亲运药材回家的路上遇见了盗匪，幸亏任东和他的家丁路过并出手援助才幸免于难。茱萸的父亲很感激他，便邀他来家里吃饭。结果他对茱萸一见钟情。

“本来茱萸是不会多看任东一眼的，但任东太好了，侠义、仁慈、善良，一切美德应有尽有，他从不勉强茱萸，只是默默地付出和守候。终于在第三年的冬天，茱萸嫁给了任东。上花轿之前她来找了小玉一趟，告诉他，自己的热情已经消耗殆尽，以后相逢陌路，各自保平安吧。说完她就走了，没有给小玉任何张口挽留的机会。

“小玉痛苦了一段时间，也是运气好，遇见了一位神医，治好了他的手。他不想在这个伤心地待下去，就从了军……

“从此二人再无交集。

“小玉打仗立功做了官，又被同仁嫉妒陷害丢了官，晚年来到敦煌以画像为生。他觉得这一生太苦了，寄望来生可以幸运一些，连他自己都不知道，为什么画中的每张脸都一样。

“茱萸嫁给任东后不被家族认可，任东为了她跟家族决裂，来到农村生活。贫贱夫妻百事哀，两人这一生也很不顺。晚年茱萸也天天画观音像，她不知道自己为什么会画画，但她画的手法跟小玉一模一样。”

小川说完，长长地叹了一口气，静默下来。

“我觉得结局不是这样的。”胡灵突然开口，“因为真正的爱情不是这样的。”

“你又知道？”

“我就是知道。”胡灵斩钉截铁地回答。

小川望着她坚定的模样愣住了。

这女人怎么啦，入戏太深了吗？

第十二章

# 交心

我告诉你，我可不是那些知难而退的女孩，
你要是招惹了我，
我就会像八爪鱼一样缠着你，
缠着你，缠到你不能没有我为止

今晚胡灵的直播间异常热闹，不仅仅是因为她介绍的各种敦煌文化，还有关于小玉的后续故事。

小川早早地结束了工作回到家，还没来得及洗澡就倒在床上打开了手机，他倒要看看胡灵能说出什么样的故事。

胡灵讲的前半部分还是小川的推测，但从茱萸嫁给任东后突然就不同了。

“小玉对于茱萸的背叛完全不能接受，他那个恨啊！可是又有什么办法呢？他现在只不过是个废人而已。

“看《周易》的人都知道，人这一生总是福祸相依。所谓‘山重水复疑无路，柳暗花明又一村’就是这个道理。这年的冬天，一个医者路过小玉家，发现他的手还有得治，便问他能不能吃苦。小玉仿佛溺水的人抓到了稻草，忙不迭地点头，于是医者便将他的手再度打断，重新接好。之后的康复训练异常艰苦，就是不断地克服痛苦勉强自己，就这样，大约过了一年，小玉的手又能握笔了。

“在这段时间里，他常常想，茱萸那么爱他，怎么可能丢下他，一定是她父母逼的。他越想越觉得是这样，不由得担心起茱萸来，害怕她在任家过得不好。于是等手一恢复，他就跑去了任家所在的街道。

“那是四月柳絮漫天的一天，小玉专门穿了一身新衣来到这里，他想，他要以什么身份去见茱萸？对了，可以说是娘家的哥哥，她要是过得好也就罢了，她要是过得不好，他就设法把她带走。

“正想着，一个熟悉的笑声响起，小玉看到挺着大肚子的茱萸在任东的陪伴下拿着一只风筝有说有笑地往前走去，脸上的神态丝毫没有哀伤，反而洋溢着灿烂的笑容。当她从他身边经过时，她甚至没有注意到他的存在，两人擦肩而过，渐行渐远。

“小玉突然很愤怒，原来一切都是自己一厢情愿，别人早已经把他抛到九霄云外。

“隔日清早，小玉就离开了这个生活了很多年的县城，他跑去参了军。

“在校场上，他比谁都训练得卖力，在沙场上他更是不要命地往前冲，他想怕什么，大不了一死，要是不死的话，没准还能功成名就，狠狠出一口气。

“他的努力很快赢得了上级的器重，在一次胜仗之后，更是保举他当了将军。时值新政，给了即将灭亡的大元朝一个苟延残喘的机会。战事一结束，小玉带着兵浩浩荡荡地回到家乡，所有人看到当年的画师变成了高高在上的将军，无不啧啧称奇。

“小玉的第一站是师娘家。吴仁吓得双腿发抖，但小玉十分和蔼，没有提半句当年的事。他跟师娘说，吴仁这么下去不是办法，他想带着吴仁好好训练一番，将来也好光宗耀祖，师娘自然是千恩万谢。小玉转而又说，只是一样，慈母多败儿，要是师娘在，他怕自己稍稍狠些吴仁会求助于她，到时候自己会很为难。师娘为了儿子的前途，决定离开。小玉表示已经在乡下给她置了田产，还雇了下人，够她颐养天年了。师娘十分感激，千恩万谢地走了。

“师娘一走，小玉就把吴仁拉到当年吴仁使坏的地方，告诉他，自己受到的伤害，一定要十倍偿还。吴仁吓得屁滚尿流，一直磕头苦苦哀求，但小玉没有心软，他把吴仁吊到当年自己摔下来的高度，摔了吴仁十次，其实到第八次的时候吴仁已经断气了，但他还是不肯罢休，要把剩下的两次摔完，这一幕让他带来的兵都惊呆了。

“小玉的第二站就是任东家。他打量着任东，发现任东确实比自己长得好看一点，但他不相信任东会有什么真心，特地出了个难题给任东。他说：‘如果你和你的夫人只能活一个，你会选择你死还是她死？’说完，他把刀塞进了任东手里。

“任东握住刀慢慢地走到茱萸和儿子身边定定地望着他们，挤出了三个字：‘对不起！’

“小玉心里在发笑，茱萸你瞧见了吗？你托付终身的是个什么样的男人！他多么卑贱，多么贪生怕死，他不配和你在一起，只要你肯回到我身边，我可以既往不咎。

“但还没等他笑完，出乎意料的事发生了，任东对着茱萸继续说：‘不能陪着你和儿子了，以后的路很艰难，你要保重。’然后回过头来对着小玉斩钉截铁地说，‘将军，您是大人物，希望您言而有信。’说完，任东自刎而死。

“茱萸和儿子扑倒在任东的尸身上大哭起来。

“小玉有点后悔自己太过冲动，上前对茱萸说：‘跟我回去吧，我会照顾你和孩子的。’

“茱萸说：‘你是我的杀夫仇人，我永远不想再见到你。你现在只有两个选择，杀掉我们全家，或者放我们全家走。’

“小玉无话，呆若木鸡。

“茱萸背起任东的尸体，带着孩子和家人离开了，从此没有人知道她的下落。

“小玉在官场上沉沉浮浮，得意又失意，大元朝的局势也越来越不稳定。就在皇帝命他出征的前一天，他又遇到了当年救他的医者，感激不尽之余，硬要拉着医者去喝酒。医者告诉他，自己救他并非偶然，而是茱萸让任东花钱又出力把自己请来的。

“小玉万万没想到结局是这样的。

“第二天小玉没有出兵，他离开将军府，只身一人来到了敦煌。他又拿起了久违的画笔开始画观音和佛像，他想他这一辈子已经错了，期待下辈子可以好一点。他画的每张脸都是茱萸，但脸上的表情不是愧疚，而是怜悯，怜悯他到最后都没有看出她对他的一片心……”

直播到最后，胡灵已经泣不成声。

小川莫名地有些心疼。他想，这个女人怎么回事？真的把自己当茱萸了？

念及此，他匆忙给她发了一条微信，就套上外套往外走。他也不知道自己要干什么，心下只想着：得让她赶紧出戏才是，不然明天顶着哭红的眼睛跟自己一起工作很容易被人误会的。

胡灵下楼看到小川的时候脸上还挂着泪珠，她蛮意外他会突然跑来，所以收到微信的那一刻还有点忐忑，这人不会是来兴师问罪的吧？还没等小川开口，她就先发制人道：“我今天心情不好，要是想骂人请改天。”

说着，胡灵想立刻上楼，没想到小川居然说：“要不要去喝一杯？”

胡灵呆住了。

小川继续说：“不是心情不好吗？喝一杯也许会好一点。”

就这样，二人来到了一家夜排档。

这家夜排档以做牛肉火锅出名的，但胡灵不吃牛肉，两人就点了一份番茄豆腐锅。小川还要了一瓶清酒，胡灵有点意外，她以为小川是不喝酒的，也没见过他喝酒。

小川说：“酒是个好东西，悲伤的时候喝可以忘掉悲伤，快乐的时候喝可以更加快乐，因为最近没有这两种情绪，所以就没怎么喝。”

胡灵问他：“那今天喝是因为快乐还是悲伤？”

这时火锅上来了，“噗噗噗”翻滚的声音和袅袅上升的热气把二人的脸熏红了。

小川说：“当然是快乐的。你直播播得好，领导就高兴，领导高兴自然也说明我的任务完成得好。来，我敬你一杯。”

胡灵被夸得有点不好意思了，跟他碰杯，一饮而尽：“我还怕你会说我胡编乱造。”

“你本来就是胡编乱造。”

胡灵愣住了。

小川接着道："但胡编得很好。其实你可以去做编剧，没准还能写出一部旷世奇作。"

小川说完笑了起来，但没笑两声看到胡灵没反应，尬在那儿了。

"知道我为什么很少说话吗？是因为我不会说话，总是说错话。来，吃菜吃菜。"

小川给胡灵夹了一些烫好的茼蒿，又夹了一些虾，把她的碗都堆满了。

胡灵喝了一杯酒又给自己倒了一杯："知道我为什么不吃牛肉吗？"

小川摇摇头。

胡灵说："因为我父亲得癌症的时候我许了愿，要是他好了我就一辈子不吃牛肉，后来他不在了，我也就习惯不吃牛肉了，到现在已经快十八年了。"

胡灵拿起酒杯又干了一杯："我爸爸发病的时候特别痛苦。他整天在那儿发呆或者发脾气，他希望我和我妈不要再管他了，免得连累我们，但我们怎么可能不管他？我妈在医院的时候总是在他面前露出欢快的笑容，一回到家就哭得稀里哗啦的，我那时候已经快十二岁了，第一次面对生死也是手足无措，只能陪着她哭。"

胡灵的眼泪大颗大颗地掉落下来："爸爸的医药费每周都是天文数字，尤其是他痛的时候要打的杜冷丁，贵得吓死人。家里没钱了，妈妈也没办法。当时她是出了名的美人，有很多人追求，约她出去玩，爸爸健康的时候她一次也没出去过，到了这时候谁约她都去，每次都哀求他们帮忙，希望可以救自己的丈夫。”

小川拿着餐巾纸递给胡灵，胡灵接过，拭了拭眼角，又喝一杯：“时间一久，外面的风言风语很多，但我们都瞒着爸爸，可我觉得爸爸是知道的，毕竟以我们家的条件，根本不可能给他那么好的医疗环境。那时候他总是呆呆地看着我，告诉我以后要对妈妈好，他对不起我妈妈。不久他就自杀了，很讽刺是不是？他不是病死的，是自杀的。”

胡灵说完已经泣不成声了。

小川说：“都过去了。”

胡灵抬头望着他：“所以这个世上是有真情的，是有人可以为另外一个人无条件地付出的，你明白吗？”

小川点点头。

胡灵醉眼惺忪地望着翻腾的火锅，突然笑了。

“小时候爸爸常常带我出来吃夜排档，他每次都会帮我把虾剥好，这样的日子以后再也不会有了。”

“这有什么难的？你想吃我们可以经常来，我帮你剥。”

胡灵突然不动了，定定地望着小川。

小川看到蒸腾的雾气后面，她红扑扑的脸显得格外明媚动人，只听她说：“你帮人补习是为了温故而知新，那帮我剥虾是为了什么？我告诉你，我可不是那些知难而退的女孩，你要是招惹了我，我就会像八爪鱼一样缠着你，缠着你，缠到你不能没有我为止。”

说着，她摇摇晃晃地攀住了他的脖子。

还好夜排档没有别的客人，小川正准备推开她，突然听到她喃喃自语：“爸爸，这个世界太复杂了，我真的好累、好辛苦，人为什么要长大，我不想长大。”

小川凝住了，他忍不住伸出手轻轻地抚摸了一下她的头，一种同病相怜的感觉油然而生。

# 第十三章 乐极

「永远不要挑衅女人。」

「要是挑衅女人有糖吃，我不介意。」

胡灵从酒店里宿醉醒来已是早上九点，她伸出手按了按脑袋，突然想到昨晚好像喝醉了，好像是小川送她回来的，但具体自己说了什么、做了什么，她记不清了。

胡灵不禁有些苦恼，惨了惨了，自己会不会失态？他本来就对自己没啥好感，会不会因为昨晚更加厌恶自己了？唉，早知道就不该喝那么多酒，酒醉误人啊！

正想着，小川的微信来了：不是说好了九点在小吃店见吗？怎么不见人？

这时她才想起他们之前约好了要在直播的第二天复盘的。怎么办？他会不会嘲笑自己？算了，不想了，伸头也是一刀，缩头也是一刀，死就死吧。

胡灵匆匆忙忙洗了个澡，化了个淡妆掩饰一下轻微肿胀的脸，穿了一身显气色的紫色外套，匆匆赶去。

“对不起，昨天醉得太厉害，睡过头了。”看到小川，胡灵赶紧道歉。

小川舒展着脚坐在小吃店门口的大阳伞下，懒洋洋地看了她一眼，阳光照在他脸上完全看不出丝毫不悦，反而有一份悠闲的感觉。胡灵见小川没反应，准备去里面点杯喝的，小川从地上的纸袋里拿出一杯杏皮水递过去。

“润肺的。”

“谢谢。”

胡灵接过杏皮水，忐忑地坐下来。

杏皮水还是温热的，看来自己动作还算快。这么想着，胡灵迅速从包里取出电脑打开：“我们开始吧！”

小川伸手合上电脑：“你不准备为昨晚的事做个解释吗？

“昨晚？昨晚我喝醉了，没干什么出格的事吧？”

“你不记得了吗？”

胡灵摇摇头，转而一笑：“不记得了，不过……我的酒品应该还行吧？”

小川不动也不说话，就是微笑地看着她。

胡灵被他看得有点发毛，更不确定了，问：“我到底怎么啦？”

小川说：“你的酒量不好，没几杯就倒在人家夜排档了，我没办法，只好背着你回酒店，可是我又不知道你住在几层，这时候幸好你又醒过来，踉踉跄跄地掏出房卡给我，我这才顺利地把你送回房间。”

胡灵松了一口气，说：“只是这样？吓死我了，我还以为发生了什么。”

小川一笑：“我还没说完呢！”

胡灵才喝一口杏皮水立刻呛到了，一边咳嗽一边紧张地望着他。

小川慢悠悠地，似乎在吊她的胃口：“当我要走的时候，你突然拉住我，你对我说……”

胡灵整张脸都红了，此刻要是有个地缝她恨不得能钻进去，但是她转念一想，这又有什么呢？喜欢一个人并没有错，你可以不喜欢我，但不能剥夺我喜欢你的权利吧？

想到这里，她抬起头来，正色望着他。

“傅先生。”

“不是说好了要叫小川吗？”

“好，小川，你承认人是视觉动物吧？人看到喜欢的模样总会产生本能的好感吧？”

小川点点头。

“所以我喜欢你是一件很正常的事，至于能不能从外到内的喜欢，得看灵魂是不是契合了。这个需要时间，需要相处，需要磨合，我们俩离这些还很远很远，你大可不必把我昨晚那些浅层次的话当真。”

“你昨晚只是说，让你好好睡一觉，你保证今天不会迟到的。”

“啊？”

胡灵再度呆若木鸡，她觉得自己不能再在这儿待下去了，匆匆收拾完电脑看向小川：“我好像记起来了，关于昨晚直播的事我们在夜排档已经说过了，要是没事的话我先走了。”

胡灵说完匆匆往前走去。

小川叫住她：“胡灵，你平时那么杀伐果断的一个人，怎么遇见感情的事就这么尿呢？”

胡灵停下脚步吸了口气，突然火速冲到小川面前，作势要吻他，在距离他的嘴唇只有一厘米的地方停下来。

“永远不要挑衅女人。”

“要是挑衅女人有糖吃，我不介意。”小川说。

这又不在胡灵的预料之中，她不知道自己该说什么，赶紧退后一步，说：“我不是那种随便的女人。”

小川说：“我也不是个随便的男人，不过我也想试试两个人的灵魂能不能契合？”

胡灵感觉自己的脑子里不断地有云飘过，这是真的吗？不是在做梦吧？

“我……不算是大美女吧？”

“你不算。”

闻言，胡灵瞪大了眼睛。

小川笑笑说：“自古帅哥都是配丑女的，这叫平衡。”

胡灵斜着眼用力地拍打小川。

小川突然把她抱住。

“其实这么多年我都觉得自己可能会孤独终老，从来没有想过生命中还会出现一个人，可以陪我一起走剩下的路。虽然我不确定我们的灵魂是否契合，但我想试试看，就当再给自己最后一个机会。”

有时候人和人要走到一起很难，总觉得契机不对，或者不知道对方的心意不敢轻易出手，怕被拒绝，又或者没有明确自己的心意，怕招惹了对别人不好，久而久之就错过了。

有时候人和人要走到一起也很容易，一个眼神一次交心，就能确定那是自己命定的人。

隔了很久，胡灵还不敢相信自己已经在跟小川交往了。倒不是说她自卑，而是这么一个生人勿近的“绝缘体”居然对她动心了，这不能不说是一件值得夸耀的事。她总是在各种场合跟小川“秀恩爱”，惹得思浓一直说她像只无尾熊一样缠在小川身上。小川其实是不习惯高调的，但他还是很配合，他知道两个人在一起必须互相磨合和迁就，所以总是宠着她、包容她。

这段时间是胡灵活这么大最开心的日子，她一面享受着甜蜜的爱情，一面做着自己喜爱的工作，直播间里的热度日益增长，周边更是卖得如火如荼，每个月的收益分完合作方，剩下的利润几乎跟她上网课、录综艺差不多。

人在得意的时候总会忘记警惕，胡灵也一样，她不知道一场狂风暴雨正在向她袭来，打得她措手不及，一败涂地。

某一日晚上直播完，网上出现了一条指责胡灵借着历史和传统文化来卖周边的微博，连带扯出了她之前的事。紧跟着，好多人转发了这条微博。网友倒是没有什么特别负面的评价，而是中立地看热闹。但胡灵气炸了，她觉得自己把传统文化年轻化解读有什么错？再一看始作俑者就是当初帮助那位历史老师抨击她的公众号，更是热血冲头，当即就要写帖子回应，结果被小川阻止了。

小川觉得嘴长在别人身上，别人爱说什么就说什么，你自己知道自己的初心是什么就好了。但胡灵怎么咽得下这口气，隔日直播她说了一个讽刺的故事。

“话说清朝的时候有个宫女叫翠枝，给皇后梳头梳得极好，一时风头无两，她自己也得意，不把所有人放在眼里。有一日她睡过了头，急着去给皇后请罪，结果皇后早已去处理琐事了。原来另一个宫女玉英见她没有起来，就替她给皇后梳了头，皇后极满意新发型，也就没有多说什么，但大家都说玉英的发型比翠枝梳得好。翠枝顿时有了很强的危机感，她找人算了一卦，说很快会有属虎的阴人取代她，赶巧了玉英正好属虎。于是她借着自己大宫女的身份处处给玉英使绊子，刚开始还只是在主子面前说说玉英的坏话，在宫女堆里孤立孤立玉英，可是玉英技艺精湛，还是备受宠爱。一计不成，她又生一计——恰逢皇后宫里总少东西，四处查找盗贼又查不到，在这当口上翠枝故意跟玉英交好，让她去自己的屋里坐，请她干一些小针线活儿，结束后出于感激把皇后赐的一个荷包赠送给她。玉英也顺从地收下了。第二日翠枝强说荷包不见了，只有玉英来过。

“恰好那日玉英正戴着翠枝赠的荷包，立刻就被抓了。没有人深究盗窃之物为何能堂而皇之地拿出来，只想赶紧抓到盗贼跟皇后交差，就这样，玉英被抓到了辛者库。

“为了防止玉英再上位，翠枝无所不用其极地陷害玉英，把玉英折磨得苦不堪言，大家都觉得玉英再也没有翻身的机会了，在同情玉英之余，也惧怕翠枝。

“翠枝很快又获得了皇后的宠爱。不久之后的某一天，一个叫碧秋的女孩子无意中获得了皇后的青睐，皇后让她给自己梳头，发现她比翠枝手巧，就疏远了翠枝，把她留在了身边。翠枝听旁人说这个碧秋就是属虎。

“翠枝不禁想，这么多年对付一个人竟错了不成?

“再说玉英，身在逆境，感触颇深，越来越懂得人性，越来越专注自己的专长和喜好——做头饰。很快她做的头饰风靡整个紫禁城，连太后都喜欢得不得了，特命她在造办处当差，后来被皇帝赐婚嫁给了一位贵胄，夫妻恩爱，白头偕老。

“翠枝每每见到入宫的玉英都羞愧得不得了，想方设法躲着玉英，倒是玉英很大方，拉着她的手跟她叙旧。玉英说：‘我其实很感激你，要不是你把我关进了辛者库，我永远不会明白人生的真谛——人不可能永远赢，即使一直赢也会败给时间，败给少年。当我懂得这个道理之后，一旦遇见比我出色的人，我都会想方设法地去扶持他、帮助他。既然注定要败给他们，为什么不先赢得他们的尊重和爱呢？翠枝姐姐，其实当年打败你的不是我，真正打败你的是岁月，它不止打败你，也打败所有人。所以到了该退的时候别挣扎，给自己留一点体面比什么都强。’

“玉英的话像针一样扎在翠枝心里，从此她像变了一个人一样，在宫里和蔼可亲、与人为善。大家再也不像以前那样惧怕她，反而更愿意亲近她，尊重她，她的日子过得也越来越开心……”

直播临结束时，胡灵跟观众说，故事的结尾是美好的，但现实生活中的“翠枝”往往是困在局中而不自知，害人的同时也在害己，只是不自知而已。

一石激起千层浪，胡灵万万没想到这场直播带来的后果这么大，要是早知道的话，估计打死她也不会这么任性了。

当初指责胡灵对历史不严谨的老师叫王拾翠，很多人说翠枝就是胡灵在影射老人。于是，胡灵被打上“不敬老”“不严谨”“拿传统文化敛财”“嚣张”“大放厥词”等标签，再加上她平时回复网友用词张狂，大家就认定了她是网上说的那种人。

很快，历史学院的通知来了，她被开除了。

紧接着，各种品牌也宣布和她终止合作。

除了敦煌文物研究中心没有说什么，她几乎算是跌到了谷底。

面对这一切，胡灵半点悲伤也没有流露，该吃吃、该喝喝，每天拉着小川逛街、喝酒、跳舞、玩密室逃脱、玩剧本杀、打游戏，忙碌得不得了。

只有在深夜，小川醒来，看到她站在窗边神色空洞地抽着一根又一根的烟，他才知道她骨子里的痛。

小川看在眼里，痛在心里。

很快，他想到了一个办法……

# 第十四章 拾翠

她太迷恋名利带来的簇拥和快感了，
她得认命

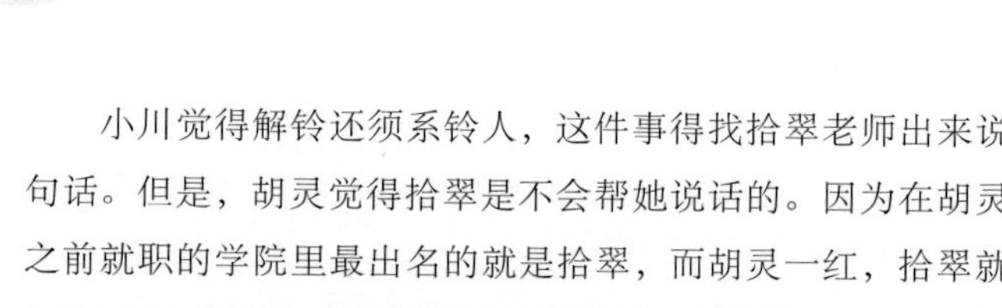

小川觉得解铃还须系铃人，这件事得找拾翠老师出来说句话。但是，胡灵觉得拾翠是不会帮她说话的。因为在胡灵之前就职的学院里最出名的就是拾翠，而胡灵一红，拾翠就靠边站了。而且，胡灵那时“直播翻车”，就跟拾翠有点关系。

当时胡灵吃不准某朝代是否真实存在过，专门去向拾翠请教，结果拾翠告诉她，就是这样的，自己深入研究过。为证明自己所言非虚，拾翠找了半天自己参考的书籍，最后却没有找到，说是可能搬家的时候丢失了。

胡灵觉得专家都这么说了，于是没有验证就在直播里说了。

结果第一个向她发难，说她不严谨的人就是拾翠。

胡灵算是看透了这些人。

但是，小川觉得见面三分情，无论什么样的困局，总是可以解开的。为了不让胡灵操太多心，小川借口出趟差，就坐着飞机来到了胡灵之前就职的学院所在地——北京。

这是他们确定关系后的第一次分开，小川才刚走胡灵就给他发语音问“你什么时候回来呀”，她声音里带着哭腔，让人觉得有点可怜，小川赶紧哄她：快了快了，两三天就回来了。

小川找到了拾翠的一个学生沈家豪。

沈家豪跟小川因为工作的关系有过接触，彼此的印象都很好，就加了微信，偶尔进行一些学术上的探讨。当得知小川的来意后，家豪情不自禁地皱起了眉头。他说："这不好办，老太太快六十岁了，认死理儿，估计说不通。"

他还举了个例子给小川听。

拾翠几年前出过一本历史专著，当时非常畅销。有一个跟她关系不错的综艺节目导演拿着这本历史专著戏说了一下，还顺带调侃了她。结果拾翠大怒，直接以侵犯版权为由把那个导演告上了法庭。后来各方人马出面说情，拾翠才同意导演斟茶认错，了结此事。但斟茶那天，整个北京的记者都来了，导演糗得不行，而拾翠靠着这个又上了一次头条。

家豪觉得这件事闹那么大，网友都说胡灵讲的故事引射拾翠，拾翠面子挂不住，根本不可能站出来帮胡灵说话。

小川央求家豪帮忙引荐。家豪说："你非要碰一鼻子灰，我就带你去拜访一下。不过老太太见不见你我不负责，要是被赶出来你可别怪我。"

小川感激不尽。

当天晚上，小川带着礼物随着家豪来到拾翠家。

这是一栋九十年代初的老式别墅，上面盘满了爬山虎，一个保姆开了门引两人入内。

拾翠六十岁不到，保养得极好，看着像四十多岁，头发一丝不苟地梳在脑后，一双眼睛锐利而深邃，看着就不太好相宜。此刻她穿着一身驼色夏布裙，披了一个深紫色的披肩，整个人窝在老式的花布沙发上翻书。

看到家豪来了，她赶紧起身相迎，两人宛如一对母子。

寒暄过后，小川奉上礼物说明来意。拾翠连掩饰都没有，直接开腔数落："我说傅先生，咱们学历史的都是有底线的，为了赚钱胡说八道，带坏的是下一代，损害的是消费者，这样的事应该坚决抵制才是，怎么可以助纣为虐？说实话，我也看过你修复的画，特别特别棒，像你这么出色的男孩子怎么会喜欢胡灵这样利欲熏心的女孩呢？要我说，你还是趁早跟她分了吧，免得殃及池鱼，毁了你的前途。"

不管小川怎么解释，完全没有用，拾翠最后烦了，直接就送客了。家豪要跟小川一起走，拾翠留家豪讨论一个历史专题。小川不好不识趣，只好一个人默默地离开了。

走到门口，小川问送他出来的保姆："王拾翠老师是个什么样的人？"

保姆警觉地斜了他一眼，斩钉截铁地说："我们家王老师人特别特别好，你别看她凶，但心可软了，平时看到小猫小狗都收留，但凡哪里有什么灾情，都会积极捐钱，还助养了很多小孩。"

小川向保姆请教怎么打动拾翠，保姆说要是拾翠认定了一件事一个人那就没办法了，做什么她都不会改变的。

小川特别沮丧，等家豪回来又缠着他问了一会儿。家豪戏称要说服拾翠，除非找来京剧院的柯沄老师。

柯沄是唱老生的，特别出名，常常在直播平台上给年轻人普及京剧，小川也听过他的戏，但没想到他与拾翠还有交情。

家豪说这是一桩秘闻，现在除了自己和当事人没有人知道。小川央求家豪细说，家豪又推说是开玩笑的，别说柯沄不会去劝拾翠，即使真劝了拾翠也未必肯听柯沄的。

小川始终觉得要打动一个人就必须了解一个人，而知道这个人的过去是了解这个人最好的方法。

家豪似乎有点后悔把这一段讲给小川听，但拗不过小川一再哀求，只好找了个借口说："你之前答应给我画一幅大画挂在我客厅，你看现在位置都给你留着，你啥时候给我画呀？你画好了，我再给你讲故事。"

小川早已忘了这一段，他是很少跟人交心的人，加家豪微信也纯粹为了学术探讨，当初答应给家豪画也是随口一说，心里想哪天要是空了再给家豪画，但这一耽搁就忘了。

晚上小川跟胡灵通完话，知道胡灵心情不好。他看看微博，网友还在骂胡灵，他也睡不着觉，便起来画画。

第二天家豪起床时，看到客厅中间挂了一幅大大的"莲花"图愣住了，再看看小川顶着巨大的黑眼圈对着他傻笑："你看这画行吗？"

家豪连连骂小川疯了，说想不到他也有今天，可以为一个女孩子发狂。

赶巧这一天正好是周末，家豪叫了一堆烤串当午餐，拉着小川开始聊拾翠的故事。

"王老师是五十年代末生人，1978 年恢复高考考上了 × 大历史学院。她最大的梦想就是出一本历史小说，但她历史专业虽好，文笔却一般，写了好多稿子都被退回了。后来好不容易出了一本书，据说还是因为她和出版社社长的儿子谈了恋爱。那本书反响平平，令她十分沮丧。这时候她认识了她后来的丈夫宋昂之……"

1990 年，三十二岁的著名历史小说家王拾翠携她的新书《西施》在新华书店举行签售会，记者们蜂拥而至，王拾翠一时风头无两。她对着记者们侃侃而谈，尽显名家风范。当大家谈起她的婚姻时，都有点不解，她为什么要嫁给一个长得丑陋，又没有什么文化的普通人宋昂之，她说这大概就是爱情的力量，引得众人啧啧称奇。

可是当拾翠回到家看到宋昂之时不由得一阵恶心。昂之亲切地接过她手里的包问她累不累，要不要自己给她按摩。拾翠迅速拒绝了，她挤出一丝笑容说自己想洗澡。她在浴缸里放满水，把自己浸在里面良久不想出来。

昂之见她忘了拿毛巾给她送进来，吓了她一大跳，她呆呆地望着他有点不知所措。昂之觉得她美极了，情不自禁地上前抚摸她，她本能地一躲，昂之很受伤，大步流星地离开了，紧接着屋里就传来砸东西的声音。

拾翠慌忙套上衣服跑出去阻止，只见纸笔撒了一地，问：“你这是干什么？”

“我干什么你不知道吗？要是不想跟我在一起，当初就别跟我做这样的交易。”

“我没有。”

“真没有？”

拾翠用力地点点头。

昂之慢慢地攀上她的肩头，开始亲吻她的胸、脖子、嘴……

拾翠很不舒服，但她已经没有办法了，她的思绪情不自禁地飘到很遥远的五年前……

那时她的书卖得不好，跟出版社社长的儿子也因为性格不合吹了，出版社刚刚拒绝了她的新稿。她从出版社出来，在门口遇到一个拿着一沓纸不知道在干什么的形容猥琐的男子。她神色恍然没有看路，一不小心就撞到了他。男子手上那沓稿纸像落花一样纷纷扬扬掉落下来。她知道书稿对于作家意味着什么，她一边帮他捡一边忙不迭地道歉："对不起，对不起……"

突然，她看到了一段让她惊艳的文字，停顿下来，紧接着越看越入迷，很快到了第八页，男子赶紧把第九页递过去。

拾翠看完那沓书稿时，太阳已经下山，她抬起头来惊讶地望着眼前这个木讷、傻笑的男人："这些都是你写的？"

"是。"

"出版社不要吗？"

"我没啥学历，又犯过错，他们不发表我的东西。"

"犯什么错？"

"以前年轻气盛，在不合适的时机说了不合适的话，已经坐过牢，改正了。"

拾翠想了想，突然有了个主意，她让他做自己的代笔，酬劳两人一人一半。

男子估计也是穷怕了，立刻答应下来。

没想到，两人合作的第一本书就大红大紫。

拾翠想让这个叫宋昂之的男人趁热打铁写第二本，没想到男人跟她提出了结婚的要求。

天啊，怎么可能？拾翠拒绝了，他也不肯再写，而出版社的邀约却宛如一个巨大的诱惑般包裹着拾翠。

他们僵持了一个月，拾翠妥协了。名和利比爱情重要，况且她本身就没有爱情，就当被狗咬了一口吧！

第二本书依旧火爆，但更火爆的是他俩的婚礼。所有人都说是一朵鲜花插在牛粪上，但拾翠不在意，她的畅销书从一本两本变成了八本九本……昂之创作力真是强，除了吃饭和看书找资料，他几乎每分每秒都在创作。拾翠虽然欣赏他的才华却不能接受他的身体，无论用多好的衣服点缀，那具全身瘦弱却只有肚子大得像球的身体都会引起她生理性不适，但又有什么办法呢？她太迷恋名利带来的簇拥和快感了，她得认命。

可命运不由她安排，老天爷从来不会让人如愿。一次签售会后，一个没有看清面貌的粉丝塞了一张卡片给她，上面写着：我喜欢你，不为你出众的外貌，不为你惊艳的才华，只为你是你，我脑海里幻想着要拥有千次的女人。

字写得并不那么好，但不知怎的就撩到她了。她看到一个年轻的身影一闪而过，当她签完名跑出去时，哪里还有踪影？

卡片很香，她深深地嗅了一下，感觉心脏突然收缩了一下，不知道是不是爱情来了！

# 第十五章 多情

喜欢一个人都是从皮相开始的，
这一点绝对是人的共性

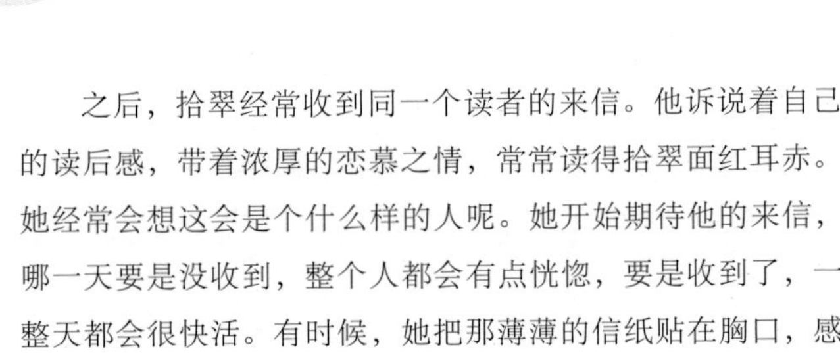

之后，拾翠经常收到同一个读者的来信。他诉说着自己的读后感，带着浓厚的恋慕之情，常常读得拾翠面红耳赤。她经常会想这会是个什么样的人呢。她开始期待他的来信，哪一天要是没收到，整个人都会有点恍惚，要是收到了，一整天都会很快活。有时候，她把那薄薄的信纸贴在胸口，感觉那张纸都是滚烫的。

渐渐地，好奇心占据了她的大脑，她很想知道信背后的主人是谁。

她时时刻刻留意信箱和住处周围，终于有一日，她在家后门的巷子里逮到了他。

那是一个比她小很多的、二十出头的少年，阳光、帅气，不是电视里那种奶油小生的漂亮，而是充满了男性荷尔蒙的英气，她几乎在那一瞬间就沦陷了。很多年后她常常想，喜欢一个人都是从皮相开始的，这一点绝对是人的共性。

这个少年叫柯沄，是一个戏曲学院京剧班大三的学生，唱的是老生。

柯沄出生后，父母忙着拼事业，他是跟着奶奶长大的。奶奶喜欢听京剧，也希望他成为角儿，他便顺从奶奶的意思进了戏校。刚开始，他也听不出个所以然来，但渐渐地就极爱了。他努力地练习，拼命地做功课，十五岁一登台演《武家坡》就被老师夸赞有前途。从此他便觉得自己与众不同，轻易不开嗓，上台还挑对手，用老师的话说就是祖师爷的本事没学会，毛病倒学了一大堆。没多久老师的注意力就不在他身上了，到了演出时，主演也轮不到他。

年轻人飘是很正常的，被现实“毒打”过之后慢慢反省，变得更好也很正常，但柯沄挺倒霉的，无论他怎么改，怎么努力讨好老师和同学，但大家对他就是有一种“饭馊了就是馊了”的固定印象，怎么也改不了。

郁闷的他只能把自己埋进书堆，在故事里寻找慰藉。而拾翠历史小说里的主人公无论男女都跟他有类似的经历，身处底层，被人看不起，最后逆袭成功……无数个夜里，他都觉得这世上没有人懂他，除了拾翠。

他翻阅了她所有的报道，省下饭钱买有刊登她报道的报纸做剪报，他喜欢她报纸上的照片，虽然已三十出头，但还是那么明艳照人。他知道她结婚了，不敢打扰她的生活，只能借着文字抒发一下自己的情绪。

拾翠坐在公园的长凳上，一页一页地翻看着柯沄整理的剪报。她从未想过这个世上居然还会有人这么关心她，而且还是一个长在她审美点上的美少年。她其实看不进手里的剪报，她听到自己的心跳声越来越响亮，她感到自己的耳朵在发烫。她不知道接下来会发生些什么，也不知道自己期待发生些什么。

天色快要暗下来，柯沄牵起她的手往前走：“姐，你跟我来。”

天啊，这也太快了吧？不行不行，我不是这么随便的女人。拾翠一边想着，一边情不自禁地跟了上去。她知道自己是渴望发生点什么的。

理智和情感开始在她脑子里打架，但最终情感还是战胜了理智。

天已经黑了，周末的戏校人少得可怜。都是青春期的少男少女，平时练功已经很苦了，难得的周末为什么不放松一下？当然也有刻苦的，在一排暗黑的大楼里，间或亮着几盏灯，依稀有缥缈的唱戏声传来，透着莫名的诡异感，像极了《聊斋》里的情景。

他把拾翠带进最里面的一间教室，顺手锁上了门。拾翠心里猛地一紧，她想，要在这儿吗？万一被人发现怎么办？但是这种刺激又略带恐惧的感觉深深地吸引着她。她任由他牵着她，把她带到排戏用的木箱子上坐下来。他深深地凝视了她一眼，退后几步，吸了口气，突然唱了起来。

他唱的是《梅龙镇》里《海棠花》一折，李凤姐和正德皇帝都是他一个人演。拾翠是不懂京剧的，但依然觉得好听。

柯沄唱完忐忑地问："姐，我唱得好听吗？"

拾翠望着他天真单纯的样子轻轻地松了口气，点点头。虽然事情不是她想的那样，隐隐有些失望，但看到眼前的少年如此单纯，她还是异常高兴的。她上下打量他，看到他额头冒出的细汗，有些心疼，忍不住掏出手帕上前替他擦拭。

柯沄说："姐，你多写点书，这样我的日子就会多快活一点。"

拾翠答应下来。其实昂之的书刚开始她还追读，久而久之也失去兴趣了，只为了应付记者看了看大纲而已。但这一刻，她决定回去逐字阅读，免得下次交谈出什么纰漏。

昂之是个特别自卑的人，自卑的人一般有两个特点，一是获取了自认为不该得到的东西会有愧疚感，所以他每天笔耕不辍，就是想补偿拾翠，让她觉得他是有用的；二是特别敏感，平时拾翠借着疲惫稍稍不睬他，他都要暴跳如雷，更何况最近拾翠开始注重打扮了，穿的衣服、化的妆都跟之前不同，他不得不多想，多想之后就想一探究竟。

昂之随着拾翠出门，路过河边时跟往常一样，给那个跟他年龄相仿的流浪汉一块钱。流浪汉千恩万谢，打着快板夸昂之人好心善，每每这时昂之心里才有那么一丝优越感，他觉得自己还行，至少比这个流浪汉强些。

拾翠完全不知道昂之跟踪她。其实截止到这一刻，拾翠和柯沄之间还啥事儿都没有发生。因为啥事儿也没有发生，所以拾翠总以姐姐的身份来戏校看柯沄，跟他一起吃吃饭。那个年代，名人很少出现在公众的视野中，像拾翠这样的，跟现在的顶流作家无异。这让柯沄的虚荣心获得了极大的满足，他眼看着同学们聚拢过来了，老师们也借着他跟拾翠要签名，他自己也有了各种各样的机会，比如拾翠来看汇报演出，压轴的一定是他。

柯沄觉得自己已经离不开拾翠了。

那日他唱完戏，一个人坐在化妆间久久不动，最后一个走的同学问他走不走，他说自己想多待一会儿。同学没有细问就离开了。他默默地等着她来寻他，他知道她一定会来的。

当拾翠走进化妆间看到他还没卸妆时，忍不住笑他："还在戏里呢，散场了。”

他怔怔地望着她，像是说给自己听的，又像是说给她听的：“戏一开始，就停不下来，哪怕终究要散场。”

“人有七情六欲，难免！”

“姐，你有吗？要是没有，你为什么总在虎度门站着，要是有，你为什么不上场？”

拾翠听出他的一语双关，赶紧回避他的目光：“我怕。”

“怕什么？枪来，子弹我挡着；箭来，箭头扎我这里。”他伸手指自己的心脏，“要是唾沫星子来了，你就说是我勾引你的，让我千刀万剐，钉在那耻辱架上，永世不得超生。”

“你们演戏的，说话也像唱戏。”

拾翠欲走，柯沄猛地拉住她：“那我不唱了。”

他用力地吻她，她只挣扎了几下就不挣扎了。

过后，拾翠问他怎么敢这么大胆。柯沄说：“你每天打扮这么精致来这里干吗？”

拾翠笑说：“我以为你们还在念书的啥都不懂，原来是扮猪吃老虎。”

柯沄说自己虽然啥都不懂，但戏文唱多了，也跟经历了一样，他从来不扮老虎，因为他本身就是老虎。

情欲的口子一旦打开就一发不可收拾，刚开始柯沄只想天天和拾翠在一起，后来就发展到要拾翠离婚嫁给他。那会儿离婚率还不高，拾翠不得不去想自己的大众口碑，关键是昂之还掌握着她的命脉——写作。

就在拾翠一面应付着柯沄拖延时间，一面又沉溺于他带给自己的情欲快感之际，昂之拿出一堆胶卷冲好的照片丢给她，里面全是她跟柯沄。她不知道昂之是什么时候跟踪她的，想解释但又无从解释起。

昂之平静地说：“你跟他分手吧，我可以既往不咎，毕竟人都会犯错，我们把这一篇翻过去，我永远不会再提，你也别再犯好吗？”

拾翠听不进昂之的话，脑海里都是柯沄强壮而有力的肉体，她怎么能离开柯沄？不行，她做不到。

昂之继续说：“要是你们继续在一起，我就不写小说了，我把你们俩的事公开，然后去他们学校闹，你要是真喜欢他，不会不顾他的前途吧？”

柯沄的前途，拾翠没想过，但她怕昂之公开写作的秘密，以及她跟柯沄的关系，她只好勉强答应。昂之只给她一周时间。

这一周近乎愁云惨雾的日子使得拾翠痛苦万分，她也想过什么都不要了，只要跟柯沄在一起。但是什么都没有的她，去掉作家光环的她，柯沄还会要吗？她没有把握。

到第六天的时候出现了转机，有个导演找上门来要买拾翠历史小说的版权。拾翠记得出版社社长说现在大家越来越重视版权，每个版权都有期限，国外很多作家靠一两个版权的收入，就过了一辈子优渥的生活。

面对导演开出的优越条件，拾翠突然萌生了一个念头：向公众承认自己和柯沄的爱情，然后跟昂之离婚，再举行一个封笔仪式。到时候即使昂之跳出来说什么，大家也以为他是怀恨在心，恶意炒作，不会相信他的。至于收入，反正现在手上有十三部小说，靠卖版权也不比新书的版税低，更何况还有历史学院的工资呢！

想到这里，拾翠又豁然开朗了，她没有告诉柯沄关于昂之的一切，只说自己决定离婚跟他在一起。柯沄自然喜不自胜，二人憧憬着未来的美好，殊不知一场致命的危机正迎面向他们袭来。

昂之的尸体是清晨被人在河边发现的，脸已经被河水冲刷了好几天，烂得看不出五官。警察是从他怀里的身份证上暂时确定了他的身份。

# 第十六章 活着

我们不能跨越时代去要求
过去的人有现在的觉悟，
就像有些人评价《红楼梦》的时候
指责宝钗没有反封建思想一样，
很好笑。

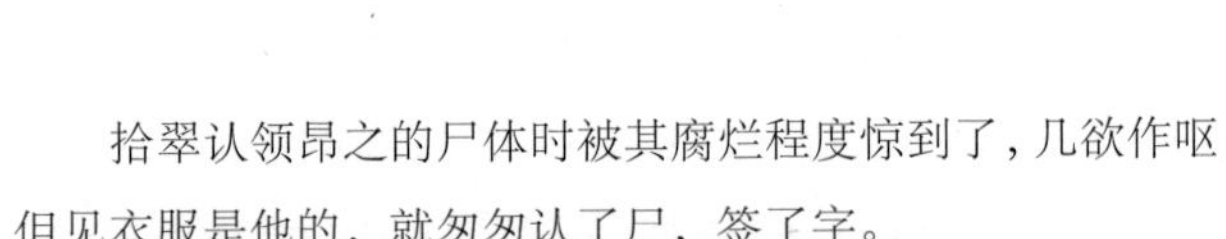

拾翠认领昂之的尸体时被其腐烂程度惊到了，几欲作呕，但见衣服是他的，就匆匆认了尸，签了字。

因为尸体还要检验，所以无法定论死亡原因。拾翠倒也不急，反而觉得解脱了。晚上，她想跟柯沄喝一杯庆祝一番，最后还是算了，毕竟她与昂之夫妻一场，再讨厌昂之，在听到昂之死亡时还是有点害怕和难过的，至于是害怕多一点，还是难过多一点，她就分不清了。

不知道从什么时候起，关于拾翠和柯沄的传言就开始漫天飞了，不仅学校知道了，拾翠学院里的人也在议论纷纷，更有甚者还直说拾翠和柯沄联手杀害了昂之，偷偷叫她“当代潘金莲”。

刚开始拾翠和柯沄没当回事，可是突然警察上门了，逐一调查他们在昂之死去当晚的行踪，事情突然就复杂起来。

柯沄和拾翠没办法，只能交代奸情，警察自然是不会传出去的，但他们俩进警察局的事却像病毒一样在他们的社交圈蔓延开来。柯沄眼看着身边的朋友慢慢地远离他，在背后说他，嘲笑他，心里难受得要命，他觉得这一切都是拾翠造成的，二人终于开始大吵。

拾翠年迈的时候，在自传上写下一句话：*爱情敌不过现*

实，更敌不过生死。

就是这时候的写照。

柯沄其实也挺难过的，他一直觉得拾翠是个女英雄，就像书里写的一样。但她根本不是，处久了就会发现她小气、敏感、神经质，外加极度缺乏安全感，跟他心目中那个女神完全不同。而她也避免跟他谈那些他喜欢的小说，反而开口闭口都是历史、学术、典故，感觉就像中学的训导主任。之前有名人光环还好，现在脱离名人光环才发现，天啊！居然是这么一个普通的中年女人，是的，很普通。

认清事实的真相之后，柯沄不再愿意靠近拾翠，但拾翠不行，她还想着他。但是她越想着他，越来找他，他就越讨厌她，到后来连电话也不接了。

柯沄有个师妹叫阿梅，倒追了他很多年他都没有答应，这一天他被拾翠烦死了，一个人去操场跑步，阿梅忽然跟上来，她说："你跟我好吧，我可以洗去你跟有夫之妇往来的过往，没准还能帮你解决现在的危机。"

柯沄看着阿梅，没有立刻回答她。他觉得阿梅各方面都一般般，但也比拾翠好，至少不会惹那么多他承受不了的事。偶尔他也会怀疑是拾翠杀了昂之，也做过这样的梦，但终究是不敢相信的，不然就太可怕了。

尸检报告出来后，警察确定昂之的死亡时间是晚上七点到十一点，他们再度把拾翠和柯沄叫来问话。拾翠说那晚她和柯沄在她租的房子里吃完晚饭就回学校了，然后有点困就早睡了。柯沄说他回学校的时候没遇到什么人。警察再追问。柯沄说他其实没有回学校，而是去跟阿梅约会了。阿梅也证实了。警察问柯沄为什么撒谎，柯沄说，不想脚踏两只船的事传出去。

合情合理。

但拾翠知道柯沄撒谎，因为柯沄撒谎的时候喜欢眨左眼，现在他就在眨左眼。

难道是柯沄杀了昂之？拾翠不敢想。不然他为什么要撒谎？

这个问题阿梅也问了柯沄。

柯沄想起那天晚上他回学校，突然一个人冲过来狠揍了他一顿，他猝不及防晕倒了。揍他的人他没有看清，醒来时已经天亮，这样的话警察怎么会相信？阿梅也一样。所以他说，我不想解释，你愿意跟我在一起就在一起，不愿意就算了。

阿梅也就没再问了。

警察在努力调查，拾翠被问了一次又一次，折腾得连死的心都有了。她那个悔啊……这是她的报应啊，就在她以为这次自己死定了的时候，昂之突然活着回来了。

昂之向警察交代了细节。他那日跑去揍了柯沄一顿，准备回家，突然发现他日常接济的流浪汉赤身裸体地死在了河边，身边还留了遗书。他可怜流浪汉孤苦无依，把自己的衣服脱给流浪汉穿上，然后离开了。他本来想回家的，但想想拾翠这个样子再跟她生活也没意思，就穿上衣服去农村老家住了一阵子。本来还想去外地，结果发现身份证搁在了脱给流浪汉的衣服里，这才回来了。

警察验证过遗书是真的，还根据昂之提供的线索找到了目击证人，这件事就算完结了。

昂之领着拾翠回家的路上告诉她，新小说他已经想好写什么了，就写一个被老婆绿了的男人，平时经常接济一个流浪汉，后来流浪汉为了帮他，不惜牺牲自己的生命，这大概就是所谓的士为知己者死。

拾翠感觉自己好像从未认识过昂之，但自此二人也就凑合着过了一辈子，直到昂之五十五岁心肌梗死去世，他一共给拾翠留下了六十一本书。

拾翠和柯沄往后二十年都没再见过。

小川听完家豪说的故事不胜唏嘘，问："这拾翠和柯沄已经闹翻了，柯沄说话有用吗？"

家豪说："有用，我最近去看她，经常发现她在刷柯沄的抖音，听他唱《凤还巢》。"

这倒是一条路。

小川突然想到什么，问家豪："人家这么隐私的事，你怎么会知道？"

家豪说："她自己告诉我的。"

小川愣住了："你和她……"

"看破不说破。"家豪说，"这次这事儿，连我也说不通，估计能说通的只有柯沄了。"

小川拜访柯沄非常顺利，经过岁月洗礼的柯老开朗且大方，不仅对年轻时犯下的错直言不讳，更愿意出面帮助胡灵和拾翠和解。他说："人这一辈子起起落落为什么？名利！但名利能带走吗？不能！你看我这一生，就想红，一直没红那叫一个愁，难受了几十年，想开了，不指望了，结果发个抖音火了，你说，这世上的事谁说得清呢？胡灵，我看过她的直播，挺好一姑娘，肯定不能毁在这上头，我愿意帮你去试一试，不过能不能成我不保证，尽力而为吧！”

就这样，柯沄去见了拾翠。

他们见面的情景如何，小川和家豪被隔在门外一概不知，胡灵却在这个时候来了。

小川看到胡灵有些诧异，赶紧上前握住她的手，询问她怎么来了。

胡灵的眼圈红红的，她告诉小川，她在这个世界活这么大，所有的事都是她一个人扛的，从来没有人帮过她。当她看到家豪朋友圈发的小川的画，顿时明白小川是来干什么的，她不知道自己该说什么做什么，但是就想来跟他一起待着。

小川说，这次的事着实不容易，无论对方会给她什么样的难堪都要承受，毕竟剑握在别人手里，识时务者为俊杰。

小川知道胡灵要强，不会轻易妥协，但很意外，她居然顺从地点了点头。

这时柯沄出来，神色很凝重。他说，王老师说了，现在她不能站出来说话，毕竟说胡灵引射她的都是网友，要是站出来说话就变成真的是她了。她不想一世英名，晚节不保，给人留下任何口舌。至于胡灵说的人不可能火一辈子，要在好的时候扶持晚辈，她觉得很有道理。但有前途的晚辈不少，随时想通了都可以去做这件事，不是非得特定某一个晚辈，尤其是不尊重前辈的晚辈。

小川听完心凉了半截。

家豪替小川送走了柯沄。

小川冲胡灵笑了笑说："很多年前我第一次来北京，第一次进紫禁城，看到展出中有一幅乾隆的对联很有意思，上联是：无不可过去之事，下联是：有自然相知之人。任何事情都会过去的，别太难过了。"

胡灵说："晚上我继父和妈妈请你吃饭。"

小川点点头，二人手牵手地离开了。

晚上去欧一峰的别墅吃饭，胡灵表现得很欢快，介绍这介绍那的，晚晴不了解他们这一行，见她这么开心也就放心了。

老两口很喜欢小川，催促着两人快点结婚。

小川微笑着看向胡灵，胡灵撒娇说自己还小，结果晚晴无情地打击道："明年就三十了，还小？"

一家人顿时笑成一团。

晚饭之后，小川看到胡灵一个人在发微信，他问她给谁发这么起劲，自己都要吃醋了。胡灵故作轻松地说，是自己在学院助教的那些学生。小川知道她舍不得，紧紧地抱住了她。胡灵说："我们回敦煌吧！"

小川说："好！我们回去后，我请个假，咱们好好玩一玩，辛苦了那么久，就当给自己放个假。"

胡灵轻轻地点了点头。

第二天一大早，两人就飞回了敦煌。

小川挺会安排的，先去看了嘉峪关城楼，又去了月牙泉，还跟着外地游客一起在郊外露营。胡灵被好多人认出来，她也不避讳，跟大家一起合影留念，看起来什么事也没有。

后面几天他们去看了舞台表演《丝路花雨》和《又见敦煌》，其中《又见敦煌》中王道士的哭诉让胡灵颇有感触。

王道士名叫王圆箓，清朝光绪年间人，原本是个当兵的，后来出了家，辗转来到莫高窟落户。偶然间发现了藏经洞，通知官府官府不管，给慈禧太后写信也没有音讯。他是个有信仰的人，一生最大的理想就是修莫高窟和三清宫，可是他没有钱，后来在英国犹太人斯坦因、法国人伯希和、日本人吉川小一郎的哄骗下卖掉了藏经洞的经文，导致国宝大量流失，成为历史上的千古罪人。

对于王道士还有一种声音——国宝是属于世界的，王道士这一举动，虽然让国宝流失，但当时欧美发达国家对文物的保护比我们先进，从某种意义上来说，也是让国宝更好地留在了世上。

这两种声音胡灵都不赞成，她觉得我们不能跨越时代去要求过去的人有现在的觉悟，就像有些人评价《红楼梦》的时候指责宝钗没有反封建思想一样，很好笑。

舞台表演中王道士以现代人的视角反复自辩："我就是个小人物，你们不要再骂我了。"主持人也代表观众原谅了他。

胡灵跟小川说："王道士是为了修莫高窟和三清宫才卖国宝的，这跟他是不是小人物，知不知道国宝的价值无关。当下的理想永远是人的第一考量，要是时间倒流，让他再面临一次这样的情况，我相信他还是会这么选择，这就是命运。"

小川顺着她说："既然命运不可逆，我们是不是应该顺从命运的安排？"

胡灵沉默。

小川说："告诉你个好玩的事，前一阵子在王道士的墓里发现了一具女尸，没有头发，却戴着金耳环、金手镯，令人遐思。我觉得你可以编一个王道士的爱情故事，比如他喜欢上一个女子，却碍于道士的身份，只能让她剃光了头，冒充尼姑陪伴他……”

胡灵知道他变着法来安慰自己，不由得轻轻一笑：“这倒是很符合我一贯的风格。”

顿了顿，她又说：“小川，其实我挺感谢命运的，至少它把你带给了我，让这一段艰难的路没有这么难走。”

小川轻轻地笑了，他握紧她的手，希望把自己的一切光和热都输送给她。

晚上回家，思浓递给小川一份请柬，告诉他下周学院要举办同学会，希望有时间的毕业生都来参加。

对此小川是抗拒的，因为这样的活动一般都充斥着无聊的攀比、吹牛和拉关系。但一想到胡灵此刻的心情，他决定带她一起去。热闹和喧嚣最容易转移人的注意力，但愿胡灵可以尽快振作起来。

小川忘了他的同学中有李晔，这个名字已经尘封了好几年，要是他还能记起李晔，估计打死他都不会去这次的同学会。

思浓比小川小一届，是历史系的，按理说跟他们画画的不一路，但每年同学会她都替小川去，理由只有一个，那就是李晔。李晔曾对她挺好的，突然又不理她了，理由她至今不知。她二十五岁不小了，谈过的男朋友也有几个，但都比不上李晔，完全比不上。

# 第十七章 少年

这个沉浸在狂喜中的姑娘像
一个易碎的玻璃娃娃，
一不小心就会碎成渣渣

小川再看到李晔时，稍稍有些惊讶，才几年不见他居然已经忘记这个人的存在了。不，也许不是忘记，而是尘封在了记忆的某个角落，毕竟李晔曾经伤害过他，毕竟李晔可以称得上是他距今为止唯一的一个好友。

李晔依旧是众人的焦点，看到小川，他微微一笑，赶紧突破人群向小川走来，思浓像个小粉丝般紧随其后。

李晔对小川很热情，仿佛之前所有的一切都没发生过似的。

当小川把胡灵介绍给李晔时，李晔愣了一下，继而礼貌又客气地跟胡灵握了握手，半开玩笑半认真地介绍自己："我可是小川学生时期最好的朋友！"

是最好的朋友吗？小川无法定义，他的思绪拉得好远，仿佛回到了那个拘谨又遥远的少年时代。

小川跟李晔是在社团活动的一个辩论赛上认识的。按小川的性格本不想参加什么社团活动，但学院规定参加这样的活动可以增加学分。为了保研成功，实现进敦煌文物研究中心的梦想，他勉为其难地加入了。这一次他的对手是隔壁班的李晔。

李晔在小川之前每一回都是冠军，实力不容小觑，那天他们辩论的话题是“三星堆文明是不是外星文明”。李晔主张是外星文明，而小川则持反对意见。李晔的论据是以当时的客观条件很多器物是不可能有的，但小川的意见是要是外星文明的话，他们的生存能力肯定比当时的地球人要强，为什么他们突然消失了，而地球人却生存下来了。

二人足足辩论了两个小时，最终以小川的胜利而告终。

一般天才之间都是王不见王，互相不服气，但是这个李晔很奇怪，总是想方设法跟小川交朋友。冬天颜料冻住了不能画，李晔预先给小川加热好了；寝室里玻璃破了，李晔替小川糊了纸；小川半夜醒来想泡个面吃，发现热水没了，正失望着，李晔带着薯片就来了……人心都不是石头做的，渐渐地，小川虽然还是对李晔不假辞色，但没有像对其他人那样排斥了。

他们之所以能拉近距离还是因为一次写生。身在敦煌，对沙漠总有一种莫名的敬仰，每周六都有学生自发组织去写生。这一天小川和李晔也去了，到的时候发现人有点多，小川就想走，却被李晔一把拉住。

“沙漠那么大，他们在这儿，我们可以去别的看不到他们的地方。”

于是，小川就随着李晔走啊走，走了许久，终于走到渺无人烟，两人才坐下来画画。

李晔的画风是豪放派的，性子也急躁，三两下就画完了。小川比较细致，画得极慢极慢，当画布上刚有个轮廓时，天已经黑了。两人准备往回走，却发现迷路了，眼前是一弯明月和一望无际的沙漠，小川有点焦急，但没有表现出来，李晔絮絮叨叨地讲着："没事，不就一沙漠嘛，小爷我自幼在沙漠长大，我就不信我征服不了它。你别急，我们很快就出去了。"

但是，走了一个小时也没走出去。

沙漠的气候日夜温差极大，小川穿得少，狠狠地打了个喷嚏。李晔立马来一句"好热，怎么这么热"，他忙不迭地脱下夹克套在小川身上，说："你瞅着人模狗样的，怎么这么弱不禁风，看小爷的。"话没说完自己也打了个喷嚏。

小川忍不住哈哈大笑，把夹克往他身上一甩："别逞能，我可不想出了沙漠还要送你去医院。"

李晔有点糗，挠挠头说："你就不能看在我热脸贴在冷屁股的分上，承承我的情？"

小川没有说话，他心里是承李晔的情的，但又不知道要怎么表达，索性就不说了。

这时，远处传来一个个间或的小亮点，李晔大呼一声："糟了！"

小川问他："怎么啦？"

李晔说："前面的亮点好像是狼。"

小川瞬间汗毛倒竖，咽了口口水迅速作出备战状态。

李晔在他脑袋上拍了一下，训斥道："你傻啊，还真准备跟它们干？你知道它们有多少吗？你干得过它们吗？"

小川茫然地望着李晔。

李晔往前看了看，前面风沙有点急，星星点点比刚刚看到的多，预计得有好些个。他想了想说："这样，我先去引开他们，你朝着跟我相反的方向跑，兴许还能躲过一劫。"

李晔说完，还没等小川回过神来就往“狼”出没的地方奔去。

按理说，小川应该立刻按李晔说的跑，可是小川的脚步像被钉子钉住一样站在沙漠里一动不动，他的脑袋里乱成了一团糨糊，这辈子活这么大，还没有人对他这么好过，好到居然可以为他去牺牲性命。一下子书里写的“士为知己者死”的名言在脑海里闪了出来，小川有点震惊，也有点不知所措，自己何德何能，值得这个人这样？自己要用什么来回报呢？

正想着，李晔带着一群人过来了。

原来那些亮光都是手电筒，学校的人见二人没有回去，出动了大队人马来找他们。

尽管李晔说，以自己的经验绝对不会分不清狼群和手电筒，刚刚是故意逗他的，小川却上心了，自此之后他开始向李晔敞开心扉，二人成了焦不离孟，孟不离焦的铁哥们儿。

小川现在回想起来，跟李晔混的那段日子还挺开心的。他们共同完成一幅画作，一起打篮球一起游泳，晚上聊天聊晚了还睡在一张床上，男孩子们青春期充斥着各种向往和懵懂，李晔分享电影给他看，跟他讨论班上最好看的女孩。按理说这样的交情应该一直持续才是，但那件事的发生让二人之间产生了裂痕。

从大一到大四，时间一闪而过。不知道从什么时候起，学校开始传二人的闲话，说他们关系不正当。

小川是清者自清，完全不放在眼里，但李晔不是。他开始疏远小川，刻意跟一直喜欢他的思浓走得近，仿佛在向全世界宣告，他之所以跟小川交情深，是因为想借着小川接近思浓。

思浓对此喜出望外，小川也挺高兴的，他希望他们可以由兄弟变成家人，但李晔怪怪的，他跟思浓好像发展到某个阶段就停滞了，惹得思浓茶饭不思，难过得不得了。他也没再跟小川接触，即使在校园里碰到也是绕道而行，刻意避开。

小川很生气，想，无论你李晔跟思浓相爱还是分手，跟我有什么关系？为什么要连带疏远我？

他想去找李晔问个清楚，但李晔总有各种借口回避他。久而久之，他也就不去找李晔了。

就当他以为这份友情即将结束之际，一个夜里，李晔突然浑身是伤地过来找小川，不让小川问任何话，就让小川陪着他走走。二人绕着操场走了一圈又一圈，直到走得精疲力竭，李晔才开口说话，但不知道这些话是对小川说的，还是对自己说的："我爸过了四十才有我，对我的期望很高，我希望我可以成为他希望我成为的那一类人。"说完就离开了。

从那以后，李晔像变了一个人似的，整天呼朋唤友，醉生梦死，女朋友换了一个又一个，功课却越来越差，甚至还有可能毕不了业。

思浓看在眼里，痛在心里，她央求小川替他去劝一劝李晔。

小川也觉得李晔行为乖张，与往常不同，生怕他有什么事，专门发了短信要跟他聊聊。

李晔痛快地答应了，二人约在李晔的寝室。

当小川推开门进去的时候，里面烟雾缭绕，男的女的，奇装怪服，挤了一屋子。搞美术的标新立异的他见多了，但这么出格的还真是平生未见。小川在人群中寻找李晔，看到他醉醺醺地搂着一个女孩在那里哼歌，有点来气了，上前一把拉起他：“你这是干什么？”

李晔反问小川：“你这是干什么？”

小川愣住了。

李晔继续说：“难不成外面传的都是真的？你喜欢我？”

屋里面所有人顿时窃窃私语起来。

小川气炸了，他想不到他第一个看作是朋友的人会这么想他。又听李晔继续说：“可老子是钢铁直男知道不？你死心吧！”

小川顿了顿，松开他离开了。

身后传来喧闹的起哄声，像是嘲笑，可是小川不在意，他在意的是他的心很痛，他失去了一个朋友。

而后学校里虽然也有过一些关于小川这样那样的传闻，但是随着论文答辩和实习毕业两件大事来袭，渐渐地也就销声匿迹了。

只是这件事对小川来说绝对是种伤害，毕竟李晔是他唯一的朋友，但这个朋友又背叛了他。

他其实不知道，那天他转身从李晔的寝室离开之后，李晔把寝室里所有的人都赶了出去，一个人关起门哭了好久……

胡灵不喜欢李晔，她觉得他灿烂的桃花眼中看人的目光很不友好，好像有种会随时扎你一刀的感觉，但她又觉得自己过于敏感了，毕竟是第一次见面的人，哪会有那么多复杂的情绪，最多也就气场不合而已。而这种不舒服的论调在思浓的宏伟蓝图下，更显得微不足道。

同学会后小川送胡灵回酒店，思浓即刻就跟了过来，她说想跟胡灵一起睡，胡灵拗不过她只好答应。

那一晚，胡灵听了一整晚的李晔。

思浓说她在大一刚踏入校门的时候就是李晔给她登记的，那时候她就觉得他是自己这一生在等待的人。

之后李晔接近她，约她看电影，她高兴得不得了，却又没有后续了。此后多年她都抱怨自己不够好，没法让李晔再多看她一眼。

再后来她每年操持小川的同学会，即使小川不来她也要来，就是希望见到李晔，但是李晔一次也没有来。

渐渐地，她绝望了，也开始交男朋友，但是这些人跟李晔一比就差太多了，没有一个能交往得下去。

如今李晔又出现了，他现在经商，好像过得还不错，这一次她拼了命也要留住他，她加了他的微信。

她问他：你还记得我吗？

他回：你从来没有从我的心里走过。

思浓说这些话的时候眼睛里是发光的，但不知道为什么，胡灵听了很心疼很心疼，她总觉得这个沉浸在狂喜中的姑娘像一个易碎的玻璃娃娃，一不小心就会碎成碴。

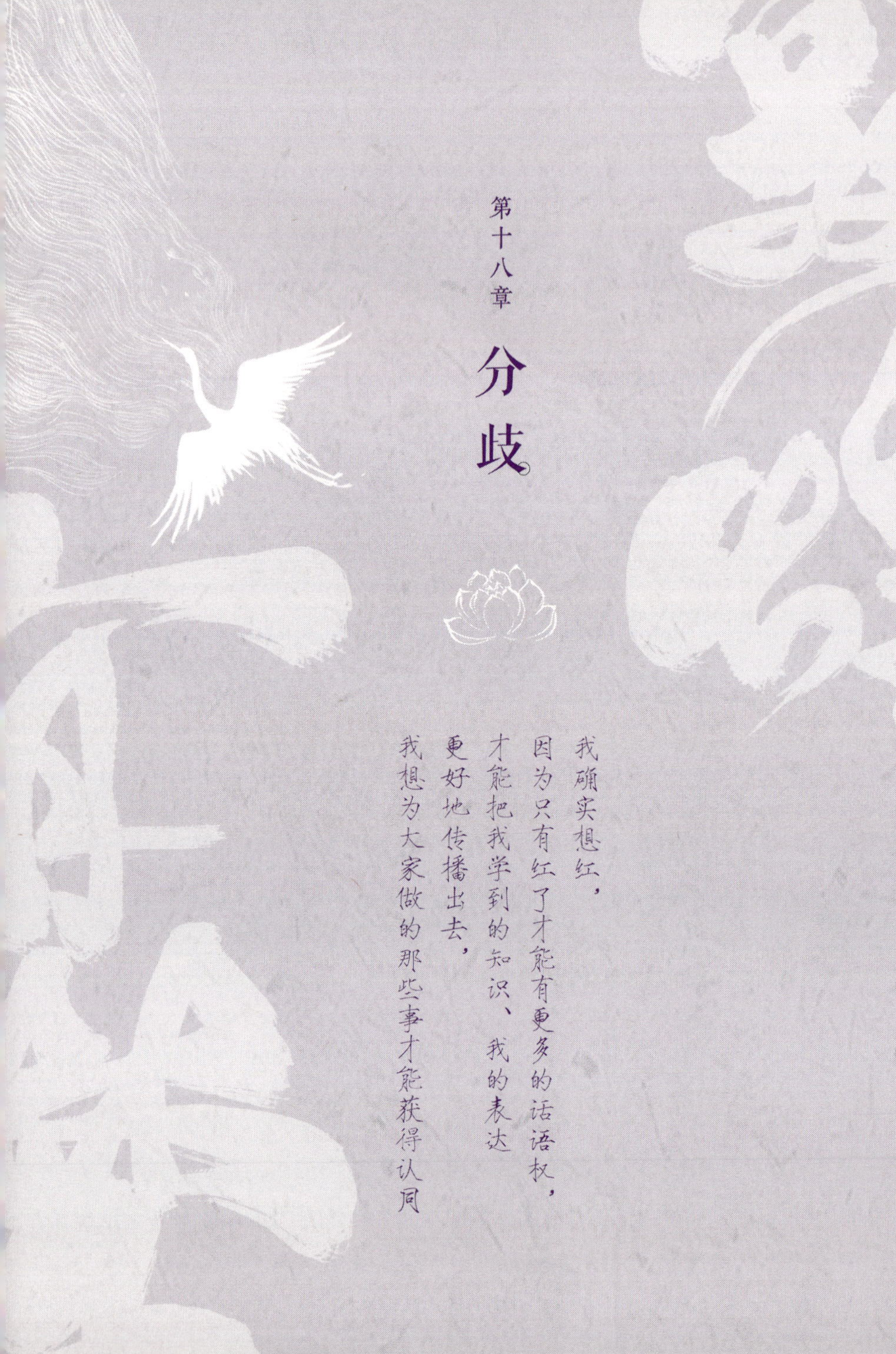

# 第十八章 分歧

我确实想红，
因为只有红了才能有更多的话语权，
才能把我学到的知识、我的表达
更好地传播出去，
我想为大家做的那些事才能获得认同

思浓邀请李晔到家里来的时候，小川完全措手不及。李晔没等他回过神来就给了他一个大大的熊抱：“哥们儿，还在为小时候的事生气呢？”小川说没有。

李晔说：“你昨晚也没怎么理我，今天我是特地来登门赔罪的。”

小川不知道该说什么好，就推说有工作要处理，得马上走。

李晔拦住他，递给他一张名片，告诉他自己现在是一家全国连锁的知名画廊的老板，要是有画要展出，铁定得找他。

小川讷讷地离开了。

思浓对于李晔的到来各种忐忑不安，早早就把父母支开了，她一会儿斟茶，一会儿倒水，忙得不亦乐乎，就是不知道该说什么好，生怕一不留神男神就溜了。

李晔顾左右而言他，好不容易才把话题扯到小川和胡灵身上。他问明了二人相识的经过，又追问了二人的兴趣爱好。思浓觉得有点诧异，李晔说想多了解一点思浓的家人，思浓立刻不疑有他，全盘托出。

她说小川爱静，不爱出风头，即使画火了也不肯宣传半分，而胡灵刚好相反，胡灵在做直播，尽管眼前受些挫折，要低调一阵子，但偶尔发发抖音，依然粉丝众多。她也不明白为什么这两个南辕北辙的人会互相看对眼。

李晔一边听她讲一边环顾四周，当他看到小川的新作——一堆古代仕女画时，忍不住赞叹：“这真是太美了，此画只应天上有，人间哪得几回闻？”

思浓说胡灵也喜欢这些画，一直想在直播里推广，但小川不让。

李晔想了想一笑，表示这样的画不能公布于众太可惜了。

这时，时间已经快中午了，思浓鼓起勇气邀请李晔跟她一起吃饭。李晔突然接到一个电话，他礼貌又抱歉地向她表示自己有点急事要处理一下，下次再一起吃饭。

思浓送走了李晔后心里空落落的，她隐隐觉得这一回再度出现的李晔会跟以前一样，在她生命里轰轰烈烈地出现，然后悄然消失。

胡灵看到李晔来找她有点惊讶，但还是很友好地邀请他来酒店的咖啡馆坐一坐。

李晔先是大概介绍了一下自己的画廊，然后细细说了对小川新画的敬仰之情，其中对画技和题材更是引经据典，说得头头是道。末了，他说他希望能帮小川办一个画展。

胡灵没想到李晔的学识居然如此渊博，终于有点明白思浓为什么对他念念不忘了，心下也增添了些许好感。但这是小川的画，她不能替小川做主，于是婉转地表示，他应该去找小川。

李晔说，你是小川的女朋友，应该知道小川的性格，他生平最怕出名，我要是这么去提，保不准碰一鼻子灰，可是你说就不一样了。这么好的画，就应该给大众展示，不仅仅是为了个人的得失，也为了中国绘画可以更好地传承和进步。

不得不说，李晔的话很有说服力，晚饭的时候胡灵就跟小川提了一嘴，被小川义正词严地拒绝了，胡灵问小川为什么，小川推说画还不够好，没有达到自己的预期。

胡灵把原话转告给李晔。李晔有点懊恼，但也表示理解，离开的时候，他突然想到了什么，转过身来对胡灵说："胡小姐，小川说自己画得还不够好是他自我要求高，可是依我们看已经是当代画坛的佼佼者了，你不是有个直播平台很火吗？何不把他的画拿去直播一下，让观众来评价，到时候要是观众都说好，没准小川就肯开画展了。"

这话说得胡灵有些心动了。此刻她正好不能上网课，不能讲历史，要是能讲画也是不错的。万一讲火了，手机壳、画册、屏保等各种周边一定卖得好……

可是小川不会答应的。不管了，我是为他好。胡灵思忖了一夜，决定先斩后奏，择日复出直播，首场就是小川的画。

直播当天，思浓成了胡灵的"帮凶"，她偷偷把画运到酒店里，还自告奋勇地做胡灵的助手，她相信这场直播李晔一定会看。这个丫头，只要是跟李晔有关的，什么都顾不得了。

说实话，这场直播播出的效果很一般，一来是准备仓促，故事没有编好，二来思浓也不专业，拿画的时候总是张冠李戴拿错。但凭借着前所未见、美轮美奂的画作，观众的踊跃程度超过预期，直播间最高人数近 1000 万。

李晔拿着手机看直播，嘴角边噙着一丝微笑。他打开微信拨电话给小川，一边大力夸赞胡灵，一边极力希望小川来他这里办画展。

小川正忙着临摹一幅残破的壁画，听到这话立刻拿出手机翻看，胡灵的直播已经到了尾声，他瞪着屏幕上滔滔不绝的她，突然有点恍惚，他想，自己对她的了解是不是还不够深?

他怎么也没想到她会有这样的举动。

晚上，小川去酒店找胡灵，两人大吵了一架。小川说胡灵利欲熏心，为了红不惜一切代价，这样的价值观太可怕了。

胡灵被他的话重创了一下，半晌没有回过神来，过了良久才喃喃地道：“是的，我确实想红，因为只有红了才能有更多的话语权，才能把我学到的知识、我的表达更好地传播出去，我想为大家做的那些事才能获得认同。”

小川没有接话。

胡灵接着说：“你的画那么好，为什么不愿意拿出来给大家看？让更多的人去体会和学习，这难道不是一件好事？”

小川觉得她有点牵强，不由得放大了声音：“木秀于林，风必摧之。胡灵，这些年你为你的‘红’付出的代价还不够大吗？你还没有吸取教训？”

“这只不过是老天爷给的考验，我永远不会放弃我的梦想。”

“是不会放弃梦想，还是不会放弃赚钱？”

“这没有冲突。赚钱可以让自己生活得更有安全感，能更好地治学和传播观点，傅小川，你很奇怪，我付出劳动力获得金钱为什么要被鄙视？你有仇富心理吗？”

“强词夺理。”

话说到这儿已经很激烈了，两人瞪着对方谁也没有继续，小川觉得再吵下去也无济于事，转身往外走去，走到门口的

时候胡灵叫住了他："小川！"

小川回头。

胡灵幽幽地说："你活着为了什么？画画为了什么？难道仅仅只是愉悦自己，抚平这个世界给你带来的伤痛吗？那你太自私了。要是你的画能给更多的人带来抚慰，为什么不和大家分享？木秀于林，风必摧之，这个道理我懂，但要是所有人都因为这个而独善其身，我们的社会怎么进步？艺术家怎么脱颖而出？还有另一句话你听过没有，叫我不入地狱谁入地狱？我不是为了跟你杠，我确实是个俗人，除了梦想和抱负，还有致富享乐的心态，但我想做个对社会有用的人，我希望你也是。"

小川听完默默离开了。

胡灵挺难过的，一夜未眠。她想，自己和小川会不会因此而结束了？好几次她都拿起手机想跟他服个软，但刚打出几个字她又放弃了。她知道先斩后奏是她的不对，但小川把她看成为了利益不择手段的人她受不了。

小川也不好受。他一方面觉得胡灵跟自己的为人处事太不一样了，一方面又觉得自己话说重了有点内疚。正不知道该怎么办时，李晔突然约他一起游泳。依他以往的性子肯定是不去的，但是现在心情这么糟糕，又没有朋友倾诉，留在家里也只能胡思乱想，便随口答应了。李晔高兴得不得了，亲自开车去家里接他。

两人游完泳在泳池边小憩，李晔看出小川心情不佳，开口询问。小川也不知道自己怎么了，居然一股脑儿跟他说了。

李晔听完连连向小川道歉，告诉他直播是自己建议胡灵做的，目的就是希望他办画展，不要浪费自己的才华。没想到居然造成了他们的误会，真是罪过、罪过。

小川摇摇头，他觉得这是两人在认知上完全不同，跟别人无关，要是胡灵懂他，即使李晔说一万次，她也不会这么做的。但是，她显然没有懂他。

李晔说，人活着就应该找到最舒服的方式生存，追逐名利的追逐名利，淡泊名利的淡泊名利，不需要为了任何事改变自己的初衷。小川不置可否。李晔拉着他去按摩、喝茶、吃火锅，告诉他天涯何处无芳草。

小川机械化地配合着李晔，但满脑子想的都是胡灵。

她现在在干什么？

她知道自己错了吗？

她为什么还不打电话来？

胡灵躺了一天，什么事都没做，感觉整个人心肝脾肺肾哪儿都不好。她拿起手机看了无数次，小川的朋友圈空空如也，打电话问思浓，说没看到小川。

胡灵告诉自己，这样不懂自己的男人还是不要了，马上把他的微信删掉，后面就算他再打来也不要理他了。可是真要动手删联系方式，她又犹豫了，舍不得啊！

胡灵觉得自己不能再这样下去了。她起身看了看镜子里憔悴不堪的自己深吸了一口气，洗了个热水澡，化了个浓妆，出门去逛街。平时喜欢的东西这一刻好像都不在她眼里了，她在人堆里四处搜寻，仿佛小川会突然出现，只要她一抬头，一眨眼就能看到他。可是，他终究没有出现……

小川喝了一口啤酒，苦得他吐了出来。

李晔忙不迭问小川怎么了，小川突然说：“你说人活着就应该找到最舒服的方式生存，也包括感情吗？”

李晔的脑子还没转过弯来，小川接着说：“对不起，我突然有事，要先走一步。”说着没等李晔回话就一溜烟跑远了。

李晔望着小川的背影沉默了，他觉得小川是真的爱胡灵的。

胡灵在小吃一条街买了一堆烧烤，想借着吃忘掉一切，可是她一点儿也吃不进去，感觉胸口堵得慌。她漫无目的地游荡了一天，不知道该干什么，只好灰溜溜地回到了酒店。

小川就站在酒店门口，眼睛熬得通红。胡灵看到他来了，心下一喜，赶紧戴上墨镜，想在他面前说说风凉话，嘚瑟一番，可是在面对他的一瞬间，她突然什么也说不出来了，只是大颗大颗地掉着眼泪。

小川用力地一把将她抱住，细语安慰：“别哭，别哭，都是我不好，我不该让你哭的。”

胡灵哭得更伤心了，但她的心里是喜悦的，她知道经过这次他们会更好，因为在一起比其他的一切都重要。

# 第十九章 供养

爱就是两个彼此喜欢的人一起走一段路，
长短不重要，
走的时候没有遗憾就够了

小川和胡灵和好之后竭力避免去聊所谓的“价值观”问题。小川常常自问，生气真的是因为胡灵想“红”吗？要是这样的话，自己认识她的时候她不就是这样的吗，自己为什么还选择她？再往深里想，答案就呼之欲出了。

人们总会说一些冠冕堂皇的理由去掩饰自己真正的动机，他也不例外。

但是爱情就要坦白，倘若不能诚实相对，恐怕未来的险阻会越来越多。想通了这一点，小川决定带胡灵去一个地方。

租来的越野车在沙漠里开了很久，小川这才发现当年自己走了很远很远，但那个时候在负气，不想接受记者的采访，所以没有计算时间，一边走一边还在想着姑姑和姑父会怎么向记者解释？他们会不会把他没公开的画拿给记者？要是走之前就把画藏起来就好了。回去的时候又要记路线，又想着画画，没顾得上计算距离，只记得白天走到晚上，晚上又走到了天亮，然后看到人烟就雇车回去了……

当小川打开车门拉胡灵下来时，胡灵呆住了，这不过是一片零零散散分布着枯树的沙漠，她不明白小川带她来干什么。

小川问她怕不怕黑，她摇了摇头，小川就拉着她七拐八弯地来到一片矮坡。

胡灵觉得又晒又热，有点打退堂鼓：“你究竟要带我去哪儿？”

小川微笑地说：“里面车子开不进去，很快就到了。”

胡灵打量小川，一身类似修水管的水电工打扮，全身各个口袋都鼓鼓囊囊的，不知道装了什么东西。她好奇心也起来了，擦了擦汗跟着他继续走。

下了矮坡，又走了一阵子，小川突然急速拉住胡灵，胡灵不明所以地看着小川。小川蹲下来看着自己当初埋在入口做标记的画笔笑了：“就是这儿了。”

小川小心翼翼地扶着胡灵慢慢往下走。

走到一个因为风化而残缺碎裂的洞口，小川停住了，当初他就是从上面像滑滑梯一样滑入这个洞的，也由此发现了里面的瑰宝。

胡灵学历史的，一看到这情景大为兴奋，一连串地问他：“这是个古墓？你第一个发现的？通知相关部门了吗？”

小川没有回答，牵起她的手就往里面走，特殊的手电筒将墓口照得很敞亮。进入墓室，首先映入眼帘的是大面积五彩缤纷的壁画，然后才是正中间完好无损的楠木棺柩。

胡灵四下查看了一番，开心极了。这纹路，这制式、这壁画上的造型服装无一不显示了她当初直播“翻车”的那件事是冤枉的，这个短暂的少数民族部落政权确实存在。

难道是小川为了给她平反专门找了这个地方？念及此，胡灵看向小川，只见他正对着满墓室的壁画沉吟不语。她赶紧冲上去抱住他，细述自己内心的激动和喜悦。

小川有点讶异，他压根儿没想到这个墓室居然跟胡灵的直播“翻车”有关。他告诉她，自己最近画的画灵感都来自这里。按理说他应该通知相关部门，可是他太想多看一会儿，多吸取一下养分，所以至今还没有汇报。他为胡灵直播的事生气，不仅仅是不想张扬，更多的是不想专家看到他的画而产生他画的灵感与素材是来自哪里的探究，进而暴露了这里。

“对不起！”小川诚挚地跟胡灵道歉，“是我太自私了，没跟你说清楚就把罪责归到了你身上。”

胡灵没有说话。

小川问：“你生气了吗？”

胡灵摇摇头。

小川说：“人对外表达的都是想让别人看到的那一面，真正的内心所想别说别人不知道，自己也不一定肯去面对。”

“那你为什么要面对？”胡灵定定地望着他问。

“因为我不想失去你，我想解决我们之间的问题。胡灵，比起失去你来说，面对自己人性上小小的缺陷根本微不足道，你明白吗？”

胡灵笑了，微笑地望着他：“我明白，因为我也是一样的。”

胡灵觉得这是冥冥中注定的，上天要借小川之手帮她平反。

喜悦完了，她又开始担忧。她劝说小川得立刻将这个地方通知有关部门，不然日子久了，古墓得不到专业的保护和处理，可能会有所损伤。

这一点小川也明白，但他告诉她申报的流程，担心想再看这些画要等好长一段时间，可此刻正是灵感最浓的时候，他怕一停会直接影响创作。胡灵也是搞研究的，当然懂他的担心，本来想建议他拍照留存，但照片有色差，闪光灯还可能破坏壁画，最最重要的是可能涉及违法。她不知道应该怎么帮他，只好沉默。

小川说："我来得勤一些，估计再有个三四次就能把这些画技、颜料、风格研究透了，到时候我再通知有关部门怎么样？"

胡灵隐隐觉得不妥，但也没有再多说什么。

小川拿着手电筒照向第一幅壁画，一边细述画好在哪里，一边跟她说壁画的故事。

"你看这些壁画，其实就是墓主人的生平。我第一次看的时候常常会想，爱是什么？是奉献？是占有？是陪伴？到了我们吵架的那一天我突然想明白了，爱就是两个彼此喜欢的人一起走一段路，长短不重要，走的时候没有遗憾就够了。"

胡灵顺着手电筒的光往前看，壁画上是一个看上去很坚毅的女孩，她在给自己的丈夫整理盔甲，气氛像是十分凝重，她脸上一点表情也没有……

"这个女孩好淡定，她所处的时代，中原是五代十国时期吧？"

"嗯！"

"乱世中各种政权的更替数不胜数，但是对于普通百姓而言，只要不影响生活，谁当政都无所谓。香潲也是一样，这两个字是音译，他们这个部落没有文字，用的都是汉字音译。"

故事慢慢展开——

香漪刚刚嫁给墨朗，正憧憬着美好的夫妻生活，战争突然来了，墨朗决定参军，他告诉她，好男儿当报国。

香漪听了狠狠地打了他一个耳光，转身去给他收拾行李，她想你们男人要建功立业，那么女人呢？难道就应该在家无休止地等待吗？她只是个小女人，不懂国家大义，为什么春天才来就结束了？

站在墨朗的角度也确实为难，大家族人事复杂，他为人软弱，又没什么才干，除了一身好武艺，什么都不会。虽然仗着父荫，成了掌权者，可是几乎没有人听他的，只有出了不好的事，才会把他拉出来做挡箭牌。这时部落首领正好征兵，他想，倒不如去博个功名，即使就此死了也好过如此窝囊地过一生。

这里面当然也有逃避的成分，但这个他不会告诉新婚的女人，毕竟他们还没有那么熟，熟到可以交付心事。最后的那一夜，他们只能用彼此的身体去探索和理解对方，直到耗完最后一分力气，也没有宣泄完心中的不甘与不舍。

接下来的日子平淡如水，香漪怀孕了，墨朗打了胜仗被封赏，部落首领归降了朝廷，墨朗受了朝廷的官职，香漪生了儿子，墨朗再度替朝廷出征，然后战死疆场……

其实说来有点好笑，香漪跟她的丈夫墨朗并不熟。从她嫁进来到守寡，二人相处的时间并不长。你要说她对他的感情有多深其实谈不上，但是你要说她对他的感情不深也不对。这些年来，她享受着他打仗立功带来的所有荣耀，周围几乎每一个人都说她嫁得好。丈夫偶尔回来一两天也是高朋满座，像神一般的存在。族里再也没有人小瞧她，她要办什么事，即使族里办不到，新任的县官也会帮她处理好，俨然成了这片沙漠中最最受人敬仰的女人。

墨朗战死后皇帝给了巨大的封赏，香漪被封为诰命夫人后更受尊敬了。随着时间的推移，那个叫墨朗的男子面貌越来越模糊，但他在别人嘴中的英武形象，他和她缠绵时的孔武有力，他视死如归的爱国精神被放大、放大再放大。每当香漪燥热难当，辗转难眠的时候就更加思念他了。她不知道应该如何排遣这份寂寞，听说在石窟中画佛像、供养佛像，可以给死者超度亡魂，于是她经人介绍找到了一名来自中原京城的画师，他叫莲修。

这个男人真好看啊，修长的身材有神仙之姿，脸色虽然偏黑，但肤色均匀，一双丹凤眼深邃而忧郁，看着仿佛有说不完的故事，鼻子很挺，嘴唇薄薄的，都说男人嘴唇薄薄情寡义，但看着他就觉得不会，他温润淡然地站在那儿就给人一种浓浓的安全感。香漪连他的画都没看过就高薪聘用了他，自此之后，他就在石窟里搭了一张床，没日没夜地开始画佛像，每张佛像的脸都按香漪的要求画成墨朗的样子，画了一个又一个，但香漪总是觉得不够。偶尔香漪忙完就会去石窟里念经，每每这时候，莲修都退得很远，因为中原有规矩，男女授受不亲。

香漪对此大惑不解，她希望莲修空了可以跟她聊聊天，莲修刚开始是拒绝的，但是每次拒绝之后听到香漪长长的叹息，他就有点于心不忍了，她才二十八岁，距离她嫁进墨朗家刚刚十年。

香漪要莲修教她念佛经，给莲修讲墨朗的好，讲着讲着有些没法对别人说出口的话她也讲了，比如她和墨朗之间的性事之类的，她丝毫没有发现莲修的尴尬，说到动情处也顾不得身份就失声痛哭起来。

莲修看她就是一个美丽的女子，他感觉她正不断地撩拨他、撩拨他，可是当他心突然被撞击一下再看她时，她似乎又没这个意思。时间久了，莲修才知道这是香漪的性格，但是他的误会好像已经收不回来了。

香漪其实也一样，当每一晚梦见的墨朗的形象突然变成莲修时，她狠狠地吓了一跳。她用冷水洗澡，拼命地打自己耳光，不相信自己纯洁的心会产生异样，但是魔鬼还是在引诱她。半夜，她突然跑到石窟里，她不知道自己要做什么，就是强烈地想过去一趟。当她走进石窟时，莲修正一丝不挂地躺在床上熟睡。

沙漠里天气热，石窟晚上又没人来，莲修完全没想过这有什么问题。

香漪从来没有这么仔细地看过一具男性的身体，包括墨朗的。面对墨朗时，她总是羞涩而拘谨的。不知道为什么，看到这一幕，她完全没有退出去的想法。

她的目光扫过莲修的脸，他的脖子，他平整又健康的胸，再到腰……

香漪不由得口干舌燥，感觉整个身体在被千万只蚂蚁撕咬。

莲修动了一下，香漪像是偷了食物被大人发现的小孩般逃之夭夭，走的时候太急，还带倒了一边的画箱。

莲修从梦中惊醒，看到乱了一地的画箱愣了愣。他站起来，走到空白的石壁上勾勒出一具女性的身体，那姿态像极了香漪。

很多天后，香漪来看佛像。看到那个女性的身体，她愣了愣问：“这是什么？”

莲修拿起笔在轮廓上飞快游动，最后变成了一朵盛开的莲花。

莲修说：“这要问问你的心，你看到的是欲望就是欲望，是莲花就是莲花！”

香漪听完沉默了许久，但之后她很久很久不去石窟了，只是她不愿放莲修走，她总是给他开出各种优厚的条件，让他画满一个石窟又一个石窟。

第二十章

# 莲开

香漪沉默了，
她想，要是没有了爱情，
做太后又有什么趣味呢？

战争平息后，玉门关内外的贸易也多了起来。家人们见香漪无精打采，便怂恿她去关外散散心。香漪自从嫁到这里来之后就没出去过，想着这样也好，一来可以放松一下心情，二来也能让自己忘掉那些不该想的东西。

于是，她坐着一顶由四个强壮的家丁抬着的软轿，跟着家里的驼队上路了。这一趟准备得很充分，吃的喝的，丫鬟小厮应有尽有，要不是路途颠簸，软轿憋闷，香漪几乎以为自己还没有离开大宅。路上，她看到了流离失所的难民，有衣不蔽体的孩童，也有夜里围着篝火静静吹羌笛的老人，每个人都在自己的世界里沉沦，看不出悲喜。她想，自己还是幸运的，虽然失去了丈夫，但至少衣食无忧还有人伺候。算命的常说人不能十全十美，不然会遭天妒，现在这样是不是应该满足了？

有钱人的篝火大，吹羌笛的老人总是凑过来取暖，家丁们上前驱赶，被香漪阻止了。她招呼老人到近前来烤火，询问他来自哪儿、去往哪里。老人说自己来自中原，到关外去游历。

香漪有点纳闷，这个年纪不在家里养老，还出来游历是为了什么？是家中子女不孝，还是有故人要拜访？

老人说都不是。他告诉香漪，人生那么短暂，为什么不让自己任性一点？即使错了，至少尝试过了，总比将来后悔要强。谁规定老人就要在家养老的？他偏不，他要趁自己还有精神，看一看没看过的，听一听没听过的，说不定还能再遇到有缘人，再狠狠地爱一场，那就更好了。老人说完笑了起来。

香漪望着他洒脱的样子啧啧称奇，但心里是羡慕的。

老人就着火光说要给她唱一支歌以示感谢，香漪点点头。

老人的声音苍凉而沙哑：“小妹妹等情郎，等得心发慌，采桑顾不上，行路也轻狂，不怕人受伤，就怕相思长。相思断人肠，哥哥啊，你怎么忍心把这锥心刺骨的痛苦让我尝？”

周围的人听到这歌声都笑了起来，唯独香漪流下了泪，她想，她在这个世上是如此孤单，就连歌里可以责怪的那个人都没有了。这时她想到了莲修，但很快她又把脑海里的莲修赶走了。

关外集市离香漪住的大宅大概三四天路程，一进入这个集市，香漪便感受到了来自五湖四海的热闹。她掀起轿帘往外看，杂耍的，卖烤羊肉串的，打铁的，卖牲口的，应有尽有，赶集的百姓们把小小的街道挤得水泄不通。

家丁们觉得香漪坐在轿子里逛街不方便，特地租了一个步辇抬着她。香漪呼吸到了新鲜又伴着烤焦香味的空气，她居高临下地看着，什么都觉得新奇有趣。其实她也不过是个还没到三十的姑娘，这一瞬间她仿佛又回到了童年。

等等，那是谁？香漪以为自己看错了，迅速让步辇停下，然后一阵风似的追了上去。家丁要跟上，她猛地回头阻止了，让他们在原地等她。

她跟着那个陌生又熟悉的男人七拐八拐走进一个巷子，突然以迅雷不及掩耳的速度拦在了他面前。

男人看到她，呈现出来的表情让她在瞬间确定自己没有看错，这是墨朗，她的夫，他居然没死。

墨朗乍见香漪的震惊很快就平复了下来，他告诉她那场战争的惨烈，告诉她当自己醒来看到满地尸体时的惊惧，以及那时自己的想法——打败仗了，回去必死无疑，既然老天让自己活下来，自己为什么要送命？

于是，他便苟且偷生到今天。

香漪告诉墨朗，那场仗是胜利的，他被追封为大将军，他应该跟她回去，跟她一起共享荣华。

墨朗觉得香漪太天真了，说："诈死的逃兵是什么罪名？拿着朝廷给的抚恤，却在那么多年后活着回来是什么罪名？欺君罔上又是什么罪名？这一桩桩一件件足以抄家灭族，谁担得起？"

香漪愣住了。

墨朗说："你就当我死了吧，不然就是大家一起死。"

香漪问墨朗为什么这么多年连一点音信都没有，墨朗还没回答，一个风姿绰约的女人牵着一个三四岁大的孩子过来，孩子看到墨朗立刻扑上去唤爹，墨朗也熟练地把他抱了起来。

女人问墨朗："这是谁？"

墨朗说："是位问路的贵人。"

女人微笑地冲香漪点点头，伸手挽住墨朗。

女人道："饭好了，我们回去吃饭吧！"

墨朗看了看香漪："那，我走了。"

香漪不动也不说话。

墨朗抱着孩子随女人远去，香漪依稀听到二人的谈话。

"那位贵人你认识？"

"不认识。你莫要多想，我心里只有你一个。"

"我就是问问，哪里不信你？以你这样的身份，又怎会认识那样的贵人。"

香漪看着他们走远直至消失才回过神来，她顿了顿，飞快地跑回街道嚷嚷着要回家。

家丁们都不明所以。香漪见他们不动，就独自一人往集市外跑去，家丁们这才会过意来追了上去。

香漪一路风尘仆仆地回到家乡，顾不得回大宅就支开了家丁往石窟跑。

莲修正在画画，看到香漪满头大汗地跑进来愣住了。

香漪直接问："你要我吗？"

莲修不知道应该怎么回答。

香漪开始脱自己的衣服，一边脱一边哭："我哪里不好？为什么不要我？为什么？"

莲修慌忙放下画笔，从地上捡起衣服胡乱套在她身上。

从这一天开始，二人成了无话不谈的朋友，至于他们之间有没有发生关系，没有人知道。谣言肯定是有的，但谁也不敢传，这个家族都仰仗着朝廷的抚恤，要是诰命夫人出了事，谁来负责养他们？人在自身利益权衡上都是聪明的，所以这件事逐渐就成了心照不宣的秘密。

有一天夜里，香漪问莲修：“你为什么愿意留在这里？”

她渴望的答案是为了她，莲修却说自己无处可去。

这时香漪才发现她对眼前这个男人居然一无所知。

莲修问香漪是否愿意听他的故事，香漪点点头乖巧地坐到地上，将头枕在他的膝盖上。莲修轻轻地抚摸着她的头，说起了自己的身世。

一个画师想要出人头地最好的方法就是获得当朝天子的认同。莲修的画很有灵气，不到十八岁就选进了宫中的画苑，但他始终没有机会得见天颜。皇宫中互相倾轧的事儿太多，无法出人头地的苦闷把所有人都压得喘不过气来。有一次被欺负之后，他口出狂言，以后他要是得了势，必报此仇。大家听了哄堂大笑。他这才知道，要出人头地从来不是靠才华，更多的是智慧和人情世故。

权力总是掌握在少数人手里。既然缺了这一块就补这一块，莲修每日坚持绘画增进技艺的同时，也积极努力地跟所有内宫的人交朋友，了解皇帝的习性，同时还阅读大量典籍，了解人类的本质和成功的法门。

可惜他的努力并没有获得上天的垂怜，整整十年他都没有见过皇帝，更别提一展抱负。他每日里忙着给得宠的画师做枪手，给他们画的人物添背景，日子过得极其贫乏。就当他以为这一生就这么荒废了的时候，机会突然来了。

中元节那天半夜，他睡不着出来散步，不想碰见了一个女扮男装的宫人，准备借由城墙逃出宫中。他赶紧上前喝止了她，按规矩他应该立刻喊人过来告发她，但他见她身量还小，眉目间透着楚楚可怜，不由得同情心大起。他告诉她，这里这么高，要爬出去完全不可能，就算她侥幸爬出去了，外面还有重重守卫，根本不可能有机会。女孩一听哇的一声哭了起来，她显然没有想那么多，只想着要逃离这里。

莲修细问才得知这名女子名唤春晓，是歌舞教坊的一名歌舞姬，因为年轻资历轻，一直得不到重用，后来得宠的舞姬柳娘嗓子坏了，就让她躲在大鼓中，等柳娘作鼓上舞时，给柳娘伴唱。鼓中折着腰非常难受，憋闷的环境会把鼓里的牛皮味儿发挥得淋漓尽致，人在其间常常被熏得作呕，这也就算了，更可怕的是只要唱腔一对不上舞步就非打即骂，全身已然没有一块好肉。过几天就要在御前表演了，嬷嬷说，一旦出错，满门抄斩，她太害怕了才想逃出去的。

这女孩跟他同病相怜，要怎么帮她呢？

莲修打量她，眉不描而翠，唇不涂而朱，突然一个念头迅速在他脑海里闪现。他问春晓肯不肯跟他一起赌一把，春晓走投无路，只能点头答应。

在莲修的策划下，春晓在御前表演时故意出错，引来了皇帝的好奇，当她从鼓中出来时，顿时吸引了皇帝的目光。莲修虽然没有见过皇帝，但每次按上喻画的美人图他见多了，这审美不难猜测，春晓又足够聪明伶俐，三分打扮七分风韵，绝对是焦点。当左右太监训斥她御前出错时，她不慌不忙地解释自己不想欺君罔上。为了证明自己舞技精湛，她当即就跳了皇帝亡母李妃创编的《折腰》，喜得皇帝站起来鼓掌，当晚她就成了妃。

而莲修也在春晓的推荐下得以面见皇帝，施展他的才华。很快她成了后宫里最有权势的妃，而他则成了皇帝最喜欢的画师，他们像过去别人操控他们一样地操控别人，铲除异己，整个皇宫的人都怕他们，也都议论他们。

原本没有后续的事，莲修觉得他们可以在深宫里逍遥一生，可惜人是感情的动物，你永远想不到稍稍的放纵带来的后果会有多么恐怖。

春晓和莲修在同盟的过程中既享受着权力带来的快乐，也承受着伴君如伴虎的压力。权力使得欲望越来越大，压力也逼得人喘不过气，身边没有可信任的人，每天醒来都草木皆兵，然后他们彼此的心事只能对彼此说，再然后他们像两条冻僵了的蛇一样抱团取暖。

在皇帝出巡其间，春晓怀了莲修的孩子，为了保命，她没有告诉他，自己一个人躲在房里喝药打掉了。但天下没有不透风的墙，恨她独宠的贵妃很快就把这件事告诉了皇帝，皇帝大怒，派了亲信全力追查此事。

春晓隐隐觉得自己凶多吉少，怕人查到莲修，故意诬赖莲修盗取她房里的摆件，要杀莲修。皇帝觉得春晓小题大做，没有应允，春晓又布局让莲修给贵妃画像，直说莲修是贵妃派来监视她的。皇帝这时候已经有了新欢，不愿意搅进春晓和贵妃的斗争中，区区一个画师也无所谓，就把莲修赶走了。

莲修离开皇宫后回顾半生，好与坏不过南柯一梦，倒不如留在这石窟中，画他的画，专注着他脑海中那个想去却始终未达的地方，倒也痛快。

香漪问："春晓后来怎么样了？"

莲修说："她现在是当今的太后。"

香漪沉默了，她想，要是没有了爱情，做太后又有什么趣味呢？

这时候她万万没想到有一天，她也要放弃莲修。

# 第二十一章

# 葬心

他就着墓道里夜明珠发出的微光，
把他们的故事画成了壁画。
画完的那一刻他油尽灯枯，
他拼尽最后一丝力气推开棺盖，
紧紧地抱住香犄，将棺盖合上了。
他想，这下他们再也分不开了

香漪和莲修走过第十五年，她和墨朗的儿子狄高中了进士，当今皇帝十分喜欢他，要把自己的妹妹如梦公主嫁给他。

大登科之后即将小登科，人生得意之事一下子嫁接到这个才二十出头的年轻小伙子身上，狄不免有些焦虑，也有些谨慎，生怕自己做错一丁点惹人闲话。

香漪借着儿子的光得以进京面圣，见到了传说中的太后春晓。真人跟想象中的完全不同，春晓美得不张扬，反而略显憨厚，待人接物也没有咄咄逼人的感觉，总是慢条斯理、温顺谦和。香漪想，也许手握大权的人都懂得隐藏和掩饰吧。

席间香漪感觉狄心事重重的，几次都想跟她说话，话到嘴边又咽了回去。这孩子，这是怎么啦?

在回家的路上，香漪实在忍不住了，把狄叫到跟前来，道:“我的儿，你是为娘我一手带大的，这世上哪有人比我们更亲的，你有什么话不能跟我直说呢？”

狄想了想，终于下定了决心。他轰走了下人，垂着头看着自己的鞋，老半天才挤出几个字。

“母亲，你……可不可以不要再见那个莲修了，我们把他赶走吧？”

香漪愣住了。

狄说公主快要嫁过来了，那是天下第一尊贵的人，她听说过香漪年少守寡的故事很钦佩，专门去央求皇帝给香漪立一个贞节牌坊。要是嫁过来之后听到一些闲言碎语，不仅令皇家看轻了他，也会影响他的前途。

狄说着大哭起来，他说这么多年来，他为了给母亲争气，一直刻苦努力读书，如今好不容易获得了这样的成就，不能毁在一个画师身上。

香漪听完久久不语，隔了半晌才回了一句："知道了。"

四十多岁的莲修已经有点沧桑了，但依旧那么好看。香漪雪白的手抚过他刀削般刚毅的面孔，忍不住泪如雨下。莲修问她怎么了，她说出了狄对她说的那些话。

莲修替她擦干眼泪，用力地亲吻她。他告诉她，自己在这里待太久了，也想换换地方了。香漪跟莲修说对不起，莲修说，能跟她在一起这么长时间，已经心满意足了。

第二天莲修就不告而别了，香漪着实伤心了一阵子，但很快又恢复如常。儿媳进门、儿媳生了孙子，之后又有了孙女，岁月总能抚平各种伤痕，渐渐地，香漪就不再想莲修了。她突然有点明白春晓，那日她要是跟春晓谈起莲修，说不定春晓也会想上一阵子，然后说，哦，原来是那个他呀！

年迈的香漪接受了朝廷给予的贞节牌坊，成为远近闻名的烈女，所有人都尊敬她，称呼她老太君。她大部分时间都是满足的，只是偶尔辗转难眠的时候会想起那个已经逐渐模糊的身影。所幸她有孙子孙女的陪伴，她喜欢孙子孙女围绕着她的感觉，喜欢听他们吟诗作对，喜欢和他们一起看歌舞，喜欢看他们画画，直到精疲力竭地睡去……他们画的是她的

丈夫墨朗，他画的也是，年纪越大就会越怀念年少的时光，而她的回忆总停留在一幕: 他带着她骑着马在桃花林中奔驰。但事实上这样的一幕从来没发生过。

香漪六十大寿那一年，有个买办来推销东西，顺便送了一幅画给她。当她打开画的一瞬，就知道那是莲修画的，他这些年走了很多地方，头发越来越白，胡子也越来越白。他用他独特的方式来给她报平安，至此每年一幅，再也没有停歇过，直到她七十五岁去世。

狄给母亲办了隆重的葬礼，出殡时一个和尚自告奋勇要来给她开道。狄认出那是莲修，没有阻止，装作不认识的样子雇了他。封闭墓门的巨石慢慢下坠，就在墓门即将关闭时，正在念经文的莲修突然跳下了墓穴，所有人都惊呆了。那时候的墓为了防盗，都把墓门做死了，要把莲修弄出来，除非毁掉这个墓，这太不吉利了，也不好向众人解释。于是，狄告诉所有家人，莲修是不小心掉下去的，这是上天的安排，是殉葬。

没有人敢违背驸马爷的意思，这件事就到此终结了。

莲修在墓里发现了殉葬品里的画笔和颜料，那是他离开的时候留下的，他没想到香漪一直存放到现在。他靠着身上带的粮和水，就着墓道里夜明珠发出的微光，把他们的故事画成了壁画。画完的那一刻，他油尽灯枯，拼尽最后一丝力气推开棺盖，紧紧地抱住香漪，将棺盖合上了。他想，这下他们再也分不开了。

胡灵看到最后慢慢地放下手电筒，泪流满面。

小川上前一边给她拭泪一边说："我第一次看到这个故事的时候也很感动，比起他们来，我们真的幸运太多了，生活在和平的年代，没有封建礼教的束缚，还能这样幸福地守在一起。胡灵，我不会再跟你吵架了，我会一直在你身边，直到死亡。"

胡灵用力地点了点头。

回去之后，胡灵发现那天的直播还是引起了不少人的关注，有些历史学家甚至觉得画家一定是看过某些实物，才能把一个没有求证的时代描绘得如此细致，尤其是很多文本里的文字介绍，历史学家们各有说法，但也各有漏洞，只有小川的画把两者兼容了。

小川低调，倒也没惹出什么风波，胡灵却日夜为小川担心，甚至连做梦也会梦到小川因为这件事而受到处分。

思浓看到胡灵无精打采的很担忧，一连几次追问，胡灵都三缄其口，后来思浓急了，说要跟她绝交，她才如实说了，说完还要思浓发誓，绝对不能说出去。思浓说："事关我表哥，我怎么可能说出去，你就放一百二十个心吧！"

胡灵怎么可能放心，她的第六感一向很准，她隐隐觉得马上有大事要发生了，但又觉得自己太敏感了，拼命地安慰自己，劝自己不要瞎想。

就在胡灵为小川患得患失之际，小川的创作灵感也到了高峰期，他完全没有理会外界的一切，只是努力地创作着。他觉得眼前的画作已经慢慢接近心里的预期，开心得忍不住放声高歌。

李晔有事没事总想约小川出来聚，之前小川都去了，最近一直在婉拒，他不由得想，是不是因为自己怂恿胡灵直播的事小川生气了？但很快他又否定了这个看法，他早就跟小川坦白过，当时小川也没什么反应，事情过去好几天了，小川又怎么会来责怪他？那是为什么？难道是胡灵阻止小川和自己来往？一定是，那女人肯定觉得自己是他们俩吵架的始作俑者，就迁怒于自己。女人不都是如此嘛，跟男朋友吵完架要和好，都得找一个替罪羊。

李晔越想越觉得事情就是这样，于是立刻开车来找小川，他必须打消小川对他的反感，他要把小川再度拉回自己的阵营。

李晔到的时候小川不在，只有思浓在家。李晔看到她皱了皱眉，不太想搭理她，可是来都来了，不好直接就走，于是硬着头皮上前打招呼。

思浓以为李晔是来找她的，高兴得快要跳起来了。

李晔说自己是来找小川的。思浓略有点失望，她开玩笑地说："知道的晓得你们是兄弟，不知道的还以为你追求的人是我表哥。"

李晔也不知道被她触到了哪个点，突然大发雷霆，一边说思浓思想龌龊，一边又赌咒发誓自己是个直男。

思浓被他吓坏了，忙不迭地跟他道歉。

可能李晔也觉得自己刚刚的反应有些过激了，赶紧解释自己之前害得小川和胡灵吵架了，怕失去这个朋友，所以才会有点敏感，希望她不要介意。

思浓对于李晔说的任何话全部无条件地相信，甚至还在心里默默地为他的过激辩解，知道他是因为这个原因而有点失控时，顿时松了一口气。她告诉李晔，小川不理他不是因为别的，而是小川在做一件大事。

就这样思浓把胡灵千叮咛万嘱咐的话全部抛在脑后，把小川发现古墓，准备临摹完了再报告相关部门的事对李晔和盘托出了。

李晔听后似乎很开心，约了思浓去吃牛排，再详细讲讲。

思浓感到自己和李晔又近了一步，在吃牛排的时候，她再度把自己知道的讲了一遍，一个细节都没放过。

当天晚上，考古网的 BBS 论坛上，小川发现古墓的事沸沸扬扬地传开了。

小川接到了无数电话，都不知道该怎么回答。连他的直系领导也打来了电话，希望他尽快做个交代。

小川突然觉得自己进退两难，公布于众吧，等于变相承认了自己的隐瞒，不说吧，这事又该如何收场?

他打电话给胡灵问这件事是怎么传出去的，胡灵也一头雾水，完全蒙在了电话那头。

小川说："你别管了，先睡觉吧，我自己处理。"说完挂断了电话。

李晔买了夜宵来找小川喝酒，说是庆祝他发现了古墓。

小川哑然失笑，向李晔讲述了自己的苦恼。

李晔问小川："这件事还有谁知道?"

小川说："胡灵。"

李晔说："我觉得胡灵肯定不会出卖你，会不会是说漏嘴了?"

小川觉得有可能，所以他不想把胡灵牵扯进来。

李晔说："现在追究这个也没意思，不如来想想明天怎么解释吧。我来看看各个平台上的人怎么说，没准可以找到一些灵感。"李晔开始翻手机。

小川没管李晔，只是一杯接一杯地喝着酒，他心里想，自己对壁画的研究马上就要接近尾声了，还差一点点，就能画得跟莲修一样好了，这难道是天意弄人吗？

突然，李晔抬起头直愣愣地望着他。

小川被李晔看得有些毛了，问："怎么啦？"

李晔说："有时候人是会自私一点的。"

李晔把手机递给小川。小川看到热搜排行榜的第一条：古墓验证了网红历史专家的言论，胡灵或沉冤得雪。

小川还没有回过神来，门铃声响了，姑姑跑出去开门。

是胡灵。

小川隔着玻璃门望着站在门口的胡灵。

胡灵也望着坐在里面的小川。

他们似乎都有千言万语，但这一刻不知道从何说起了。

# 第二十二章

# 危机

她也想过跟李晔分手，
但只要一看到他灿烂的微笑她就沦陷了。
怎么办？心理医生给她开了一点药，
她从一天一粒慢慢变成了一天四粒……

胡灵看到热搜气不打一处来，她没有上前跟小川解释，反而把睡梦中的思浓拉了起来。她责问思浓，这个秘密究竟跟谁说了。思浓睡眼惺忪地看了看旁边的李晔，她今天睡早了，没想到他在场。李晔脸上有点尴尬，思浓还不知道发生了什么事，但看他的状况也知道自己不能把他供出来。于是，她战战兢兢地答道：“我……我大嘴巴，不小心跟几个同事说了。”

胡灵很无语，不知道该说什么好。

李晔赶紧追了一句：“事情闹那么大不一定是思浓的原因，同事之间传传也上不了热搜。”

思浓对李晔的维护很受用，心里悄悄甜了一下。胡灵脸色一板，定定地瞪着李晔：“你什么意思？难道是我做的？”

李晔沉默了。

胡灵看向小川说：“你也这么认为吗？”

小川笑着摇摇头：“我从来没有想过这一点。”

大家都愣住了。

小川接着说：“重要吗？是你做的，一定是为我好；不是你做的，我又何必想。”

他是懂她的。

胡灵忍不住热泪盈眶，哽咽了一下说：“你们看看现在的热搜第一。”

大家打开手机才发现热搜第一变成了“胡灵道歉”。

思浓点开阅读，里面是胡灵为之前直播写的道歉函。

小川知道这是胡灵的底线，要是换了别的情况，打死她也不会这么做。因为一旦写了就证明了她治学不严，沽名钓誉，从此这盆脏水将伴随她一生，令她在历史圈抬不起头来。

小川突然觉得很心疼，他觉得自己没有保护好她，赶紧上前抱住了她。

李晔重重地咳嗽了一声，走到两人面前：“现在不是追究责任的时候，而是要想想明天怎么跟领导说。”

四人研究了一夜，最后接受了李晔的建议：小川将此事汇报给领导，说自己在沙漠的无人区发现了一个古墓，但是眼下恰逢沙尘暴季节，一来考虑到考古人员出入安全，二来怕文物暴露在沙尘暴里造成损失，三来也不确定是否是有价值的古墓，怕贸然上报浪费人力物力，所以正准备写材料请领导定夺。现在材料还没写完，不知道怎的就传得沸沸扬扬了。

大家觉得这个说辞好，既给小川的研究留下了时间，又不至于收不了场。

晚上胡灵决定留下来陪小川，思浓送李晔出去的时候责问他为什么把事情传扬出去。李晔解释，自己在跟一群记者朋友吃饭的时候喝醉了，正好提起了她，紧接着又提起了小川，不知道怎么回事，就说到了这件事。他央求思浓千万别告诉小川，不然他怕失去这个朋友。

思浓爽快地答应了，毕竟李晔是因为聊到她才聊到小川的，她突然看向李晔问：“李晔，你愿意做我的男朋友吗？”

李晔愣住了。

思浓上前一步，仰起头接着说："你总是来找我，又跟你的朋友聊起我，难道不是因为喜欢我吗？"

李晔整张脸都涨红了。

思浓以为他害羞，紧接着又靠近一步，二人几乎鼻子碰鼻子了，思浓这才发现李晔其实并没有她想象的那么高大，但这不是缺点，不妨碍她对他的喜欢。她几乎是鼓足了最大的勇气望着他，深情地表白："我喜欢你，从学校开始就喜欢了。你要是也喜欢我，我们俩就好好在一起；你要是不喜欢我，就别靠我那么近，因为我很容易误会。"

思浓一口气说完她要说的，感觉呼吸都变得急促起来。但是李晔一点反应也没有，她慢慢地从期待变成了失望，泪眼盈盈地往回走去。

才走出几步，李晔突然奔过来一把抱紧了她，他告诉她，自己也喜欢她，可是有个难言之隐阻拦了他的脚步，令他无法向她表白。

思浓赶紧问李晔是什么，李晔犹豫了一会儿告诉思浓，自己一家都是虔诚的基督徒，而基督徒最最忌讳的就是婚前性行为。思浓还以为是什么大事，一听这个忍不住笑了。她说："你是性无能我也要你，更何况只是这么点小事，放心吧，我一定会尊重你的宗教信仰的。"

李晔这才松了一口气，他终于可以名正言顺，堂而皇之地去她家了。

第二天，小川按李晔说的跟领导汇报了，领导也觉得安全问题十分重要。他决定沙尘暴一过先派一小组人马去实地考察一下，确定了是极具研究价值的古墓，再一级级上报。

危机解除了，日子继续如常，唯一的变化就是小川和胡灵的二人行嵌入了李晔和思浓，变成了四人行。小川和胡灵倒无所谓，李晔开朗热情，能把行程安排得很好，有了他等于有了一个免费的导游加管家。但思浓很不悦，她想和李晔过二人世界，李晔顺了她几回，但每回都草草收场。思浓不明白问题出在哪里，问李晔，他就说是自己的性格问题，要是喜欢他就应该喜欢他的全部。可是思浓发现他们四个人在一起的时候，李晔不是这样的，具体哪里不同，她也说不好，再多问几句，李晔就责怪她要求太高，难伺候。思浓一向把李晔的话当圣旨，渐渐地也开始自我怀疑起来。时间一久她开始失眠、抑郁，莫名其妙地讨厌自己。她也想过跟李晔分手，但只要一看到他灿烂的微笑她就沦陷了。怎么办？最后她去看了心理医生，医生给她开了一点药，只是这种情况并没有改变，慢慢地，她从一天吃一粒药变成了一天吃四粒……

李晔也比思浓好不到哪里去，他拿起那堆出游时拍的拍立得一张张地翻看，小川和胡灵你侬我侬的样子太亲密了，看得让人心里直戳火。

这时，画廊里的服务员过来说，瓦哥来了。他赶紧把桌子收拾了一下去迎接瓦哥，那是他最大的客户。

李晔的画廊生意并不好，但不影响他一家一家地开。因为画廊只是幌子，他真正在做的是倒卖文物。

瓦哥是朋友介绍的，当时朋友说对方是个人物，他以为是脑满肠肥的富豪或者精瘦干练的黑道分子，可当见到瓦哥时，他愣住了。瓦哥约莫六十岁的年纪，文质彬彬，儒生气十足，说话不紧不慢，看着就像是历史学院的老教授。外表其实还不算什么，他渊博的学识才让人惊叹，不仅能轻而易举地分辨出画廊中的真假古画，就连真假参半，拓下来的画也逃不过他的眼睛。

李晔不由得佩服万分，即刻待瓦哥如上宾。瓦哥也豪爽，每次看中什么就立刻拿下，从不还价，期间还会给李晔上一些鉴别的课。之前瓦哥说自己是国内第一文物专家，李晔觉得是他吹牛，但时间处久了就相信了，这个人真是无所不知。

瓦哥的真实身份是什么，没有人知道。朋友告诉李晔，瓦哥拿到文物都会以千倍百倍的价格卖给国内外的客人。瓦哥自己也不讳言，他说文物都是有生命的，客人挑文物，他也挑客人——不懂的客人不卖，怕暴殄天物；不出高价的不卖，怕不好好珍惜——他有他的原则，一切原则都是为文物好。

瓦哥这次来是想找某个少数民族部落的相关器物，他说自己年轻时读过相关的文献，只是年岁久远，那些文献如今都找不着了，但他残存的记忆宛如刀刻，这次有个客户要搞这些东西，价格给得非常好，但很多同行都不敢接。只有他明知很难，也想试一试，毕竟也是毕生夙愿。

李晔看着瓦哥提供的画觉得有点眼熟，猛地一惊，这不就是小川发现的古墓里的东西吗？他想了想，从手机里调出小川的画给瓦哥看，瓦哥瞬间被吸引住了，激动地大喊：“这是从哪儿弄来的？就是这个部落，就是……”

李晔细述了古墓发现的过程，瓦哥急着要去。李晔说，这世上只有小川和胡灵知道古墓所在。

瓦哥想花一笔钱买通小川，李晔告诉他，小川不吃这一套，没准直接就报警了。瓦哥想跟踪小川，李晔又说小川警觉性高，沙漠里也不容易跟踪，万一打草惊蛇，国家接管了更不好办。瓦哥急得有点挂脸了，说实在不行就从小川的家人入手。李晔赶紧阻止，他告诉瓦哥，小川的亲人都不是直系亲属，没那么深的感情。瓦哥说："亲人不行，那爱人呢？"

李晔说："他们倒是爱得死去活来的。"

瓦哥笑了，说："是人都会有弱点，或喜欢钱，或喜欢名，或喜欢女人，总会有那么一样吧，不然就不是人了。"

之后瓦哥就不再提小川这件事，唠了一会儿家常就走了。

李晔不知怎的突然心情大好，扯着嗓子唱起了时下流行的歌曲。员工进来收拾茶具看到他这个样子有点诧异，前一刻还阴郁得像个杀人狂，一瞬间又变成了欢快的孩子，老板的心思真是捉摸不透啊！

胡灵从酒店出来看到一个小女孩蹲在地上哭，赶紧问她发生了什么，小女孩说找不到妈妈了。

胡灵看了看表，还有时间，便问她知不知道家庭住址。小女孩点点头。胡灵好心提出送她回家。

二人走了约莫几十米，路口一辆捷克车开过来，下来一个中年女人，小女孩立刻冲过去叫妈妈。胡灵松了一口气。

那女人一边骂女儿乱跑，一边握着胡灵的手千恩万谢。胡灵正要表示没关系，突然感到手心被尖针扎了一下，整个人摇摇欲坠。女人关切地问："小姐，你没事吧？要不我送你去医院？"女人顺势把胡灵扶上了车。

胡灵被绑架的消息是傍晚传来的，这是一个周末，小川本来约了胡灵看下午场电影，左等她不来，右等她不来，打电话发短信都杳无音信，心下不免有些担忧起来。

李晔和思浓看他着急，赶紧停下了手中的工作过来找他。

快晚上六点的时候才有人打电话来说，胡灵在他们手里，要想她平安无事，小川得明天一个人去古墓，到时候会有人把胡灵带给他的，并警告他不许报警，否则只能给胡灵收尸。

很奇怪，小川听完反而松了一口气，至少胡灵是平安的，比他想的什么车祸之类的好太多了。

思浓有点慌乱，不知所措地拉着小川问怎么办。小川想了想说：“你们先回去，我要一个人静一静！”说完就离开了。

李晔把思浓送回家后，独自一个人来到画廊发呆了很久，终于还是鼓足勇气拨通了 110。

瓦哥是生是死不重要，胡灵是生是死也不重要，小川还是得活着，让他或多或少可以感受到人间值得。

# 第二十三章 消失

她知道表面开心的人，
其实是最不开心的

很多年后，胡灵依旧清晰地记得当时的每一分每一秒。她被蒙住脸、塞住嘴关在一个陌生的地方，周围很安静，静得能听到风吹过的声音。她不知道自己为什么会被绑架，但是求生的本能还是给了她足够的勇气。她不断地摸索着，幻想也许会像电视剧里演的那样，摸到一个利器把手上的绳索割断。要是夜晚就更好了，她可以就着夜色逃出去。她想，小川一定急坏了。

可现实往往是残酷的。此刻不仅是白天，还是日上三竿的中午，她才一挪动，就被狠狠地打了一耳光。脸上的布被打掉了，眼前乍然一亮，照得她睁不开眼。她依稀听到歹徒们在议论她，说她漂亮，说她有名，语言龌龊又猥琐，她顿时觉得不妙，整个人蜷缩成一团，连连发抖。

但是他们并没有对她做什么，甚至连黑布也没有再给她蒙上。她环顾四周，发现自己在一个废弃的厂房，里面大概有十来个人。在这样的情况下要逃跑，几乎是零可能性。

时间过得很慢很慢，慢得好像连太阳也忘了下山。

一天一夜后，歹徒首领突然收到一个电话，脸色说变就变。他猛地摔掉电话拔出枪来对准了胡灵。

人在面临死亡的时候会怎么样，胡灵来不及思考，她只是恐惧地放大了瞳孔，脑海里飞快闪过这一生的记忆，最后定格在小川脸上。她想他们终究是没有缘分的……

可是预想中的枪响并没有到来，她睁开眼看到歹徒首领正对着她脱裤子。她知道他要干什么，吓得大声惊叫起来。

周围传来阵阵嗤笑，就像一圈猎人围着孤单的、垂死的猎物。歹徒首领松开了她的捆绑，伸手去脱她的衣服，她用力地撕、咬、叫、打，可是力气没有歹徒首领大。突然，她的手触及了他腰上别的枪，她来不及细想，迅速扣响了扳机，“轰”的一声，歹徒首领露出难以置信的表情，慢慢地倒下。

紧接着，警察就来了。歹徒们四下逃窜，她再也承受不住眼前这一切，慢慢地倒在了地上。

她在医院里昏迷了整整三天，当她醒来的时候看到小川一头乱发躺在她身边熟睡，忍不住大哭起来。

小川被惊醒了，赶紧连声安慰道:“不哭，不哭，都过去了。”

在她恢复期间，思浓跟她讲述了小川这边发生的事。

小川接到绑架电话后思考了一整晚，终于想到了一个法子。他想起小时候那个带他入门的老头，那算得上是他人生中的第一个老师。他不知道老头叫什么、有什么样的故事，只是每天放学后来看老头画画。他最喜欢看老头画狼，每一匹都栩栩如生，跃然纸上。他怎么临摹也画不好。老头见状，默默地牵起他的手，带着他走了好远，终于在一个断崖前停下来。老头指着前方让小川仔细看，小川被惊到了，他从来没见过那么多狼在一起，它们互相追逐又互相纠缠，俨然是一个狼的国度。自此老头每周都带他来一次，渐渐地，他的狼也能画得跟老头一样好了。

他决定把歹徒引到狼谷，他对那里的地形很熟悉，有十足的把握可以救人。

但他没想到，歹徒也不是吃素的。

当他来到约定的地方时，他看到了车里蒙着黑布的胡灵，心中一阵酸楚，但他知道此刻不是难过的时候，依旧强作镇定地开车带路。一切都如他的预期，歹徒们进入狼谷，还没等回过神来，狼群已经被惊动了，人和狼展开了激烈的搏斗。小川趁着看守胡灵的人不注意，一棍子把其打晕，正准备拉着胡灵跑，一扯下黑布发现眼前的女人根本不是胡灵，他瞬间呆住了。

歹徒们有枪，狼群渐渐被击退。小川准备钻进车子逃跑，被冒充胡灵的女歹徒揪住了。她下手又快又稳，一看就是训练过的。就当小川以为自己要死在这里的时候，警察赶到了。歹徒们尽数被抓。小川担心胡灵的下落，揪住一个歹徒追问，歹徒这才说出了胡灵的所在。

这次警方收获很大，除了没有抓到瓦叔，几乎把他那一支的文物贩子一锅端了，连李晔也被牵扯进来。还好李晔都是小打小闹，没成什么气候，只判了有期徒刑一年。进去前，李晔跟思浓提出分手，思浓坚决不肯。她说："之前我太差了，根本配不上你，如今你也有了缺陷，我们平等了，我会等你出来的。"

李晔笑了笑，不置可否。其实他心里是很想见小川一面的，但他想，自己牵扯上了文物贩子，小川肯定不会原谅他的。

胡灵出院之后决定在敦煌常住，她从酒店搬出来租了一套房子，小川为了照顾她也搬过去跟她同住。

胡灵觉得自己除了晚上偶尔会失眠以外，几乎已经恢复正常了，小川却坚持要带她去看医生。她觉得小川有些矫枉过正了，心下便不是很开心。不过适逢她正在应聘敦煌文物研究中心，有很多材料要准备，也就懒得吵架了，她想无论他做什么，出发点都是为她好、爱她……

小川这些日子也特别不顺，自从国家接管古墓后，他自告奋勇参与考古，但都被拒之门外，好不容易想办法加入里面了，却因为分工不同而接触不到他想研究的部分。

心情直接影响绘画，胡灵看着他画一张撕一张，也替他难过，但她也没有办法，要是这些痛苦她能替他承受的话，她愿意无条件接受。

等待了一个月，胡灵终于被录取了，她成了敦煌文物研究中心资料中心的一员。就在她兴高采烈地准备跟小川庆祝一番时，小川突然说约好了医生，要带她去看。胡灵拗不过他，只好跟着他来到医院。

医生很年轻，问了问胡灵最近的症状，小川细述着，但胡灵完全没有在听，她打量着四周，目光停留在一张结构复杂的人体神经分布图上，呆呆地出神。医生听完，沉吟了片刻，要给胡灵做一次催眠。胡灵觉得怪怪的，有点抗拒。但医生说催眠是一种心理疗愈，外国很多正常人都做，还给了她一本关于催眠的书叫《前世今生》，她翻了几页觉得好像有点意思，再加上小川一再哀求，终于同意了。

医生让她躺在一张床上，彻底放松，然后让她慢慢地深呼吸，深呼吸，等到她全部放松后，要她试图去看眼前的一道光。

说也奇怪，眼睛明明是闭着的，但在医生的声音引导下，她看到了一个光圈。她慢慢地往光圈移动，光圈越来越大，她发现自己落在了一个草坪上。

医生问胡灵现在看到什么了，胡灵说她在一片草坪上，医生要她往前走，她跟着医生的引导往前走，不知道为什么，越走越害怕，越走越恐惧，她拼命地摇头。医生说，往里走，不走进去你永远都无法面对心中的困境。胡灵已经泪流满面，她知道她绝对不能再往前走，前面有什么恐怖的事她不知道，但她已经吓得浑身颤抖。这时，远处突然传来一道尖锐的叫声，她吓得赶紧睁开了眼睛。

她喘着粗气猛地坐起来，顾不得医生和小川，转身拉开门就往外走。她完全记不清催眠的时候自己看到了什么，她只想快点离开这里。

走到回廊的时候，一对青年男女从她身边经过，女的看她莽撞，后退了一步道："你这人怎么回事，看路不长眼睛？"

男的赶紧拉住女的，指了指科室的名称，小声说："这里都是精神病人。"

胡灵有点茫然，回头去看科室的挂牌，果然是"精神科"。

她有精神病吗？

不，不可能，她记忆清晰，体力充沛，各方面都很好。

为什么小川要带她到这里来？她觉得小川才是真正的病人。

接下来很长一段时间，胡灵和小川陷入了冷战，她想尽快地投入到工作中去，但不知道为什么记忆力总是不好，前一刻明明还在看书，过了一会儿就发现自己莫名地出现在浴室里刷牙，连日夜也经常会颠倒。她想这肯定是自己没睡好，再加上跟小川吵架，心绪不宁才会这样。

小川不知道是什么时候不见的。

有一天她早上起来，突然发现他好像已经许久没有出现在她面前了，就去他家找他。姑姑和思浓说他辞职了，要去外面闯闯，她们很惊讶他居然没有告诉她。

她给他发微信、打电话都没有回应，他就像从来没存在过一样在她的生命里消失了。

很奇怪，这次她没有特别的痛苦，总是一阵一阵的，想起来了就崩溃地给他的微信发一百条信息，然后喝酒、哭。想不起来也就那样了。想不起来的时候，自己在干什么？她敲敲自己的脑袋，好像也不记得了。

她不记得小川是什么时候消失的，就像不记得郭子轩是什么时候出现的一样。

这样的日子浑浑噩噩过了三年。这三年里发生了很多事，比如李晔出狱了。

李晔的父亲是个文人，一辈子最重视门楣，从小就教育他“人要脸，树要皮”，所以李晔的前半生为了那点脸面，不敢行差踏错半步。倒卖文物就跟他身上不能说的秘密一样，更像是一种偷偷摸摸的反抗，到如今变成了这样，真是够讽刺的。

父亲肯定不能接受一个坐过牢的儿子，当父亲把他赶出家门的时候，李晔反而重重地舒了一口气。当晚，他在他的朋友圈写道：我终于可以勇敢地面对我自己，其实也没什么大不了。

他忘了思浓还在等他。

这一年思浓的抑郁症更严重了，她每次去探监李晔都不见她。她整宿整宿地睡不着，只能靠药物。当她得知李晔被释放的消息后，开心得手足无措，光衣服就试了十来件，她想让他看到自己最好的一面。

那一天她特地起了个大早，收拾停当去接李晔，没想到李晔早就走了。她急切地赶往李晔独居的公寓。在李晔入狱这一年，都是她帮他照顾家里的狗和鱼，她想她终于可以见到他了。

是的，她见到他了，跟另一个人赤条条地滚在一起。

思浓杵在原地，半晌没有动。

李晔也没有动，他甚至没有半点羞耻和慌张，就这样袒胸露腹地望着她，嘴角边噙着一丝讽刺的微笑。

一周后，思浓自杀被家人发现给抢救了过来，之后就成了经常上演的戏码，反复拉扯了三年，最后思浓在母亲午睡的时候得逞了。但胡灵觉得思浓其实在三年前已经死了。

葬礼上，大家都来安慰李晔，但李晔心里觉得很好笑，他走到胡灵面前问道："小川去了哪里？"

胡灵也不知道。

李晔以为做回自己之后生活可以过得自在一点，不需要再遮遮掩掩，但很奇怪，他再也没找到一个能走进他心里的人。

身边来来去去的人不少，但他就是觉得那些人不够格，配不上他，久而久之，一个人也就过惯了。

几年后，胡灵在一个酒吧看到李晔，他叼着一根烟跟一个人热聊，感觉好像特别开心，但她知道表面开心的人，其实是最不开心的。

天上下起了小雨，子轩拿着伞来接她，望着他。她甜美地笑了，心想，他是多么像小川啊！

可她是怎么认识他的，怎么发展到这一步的，她完全想不起来了。

第二十四章

# 归来

爱了终究要散场。
不问你去何处结风霜？
归来仍是，少年模样

因为有子轩的陪伴，胡灵的日子过得还算平静。但奇怪的是，子轩好像不是很喜欢跟她的朋友接触。每次有朋友来，或者什么聚会，他都会自动退出，也从来没有告诉过胡灵原因。胡灵想，不能这么下去，她要跟朋友分享她的爱情和生活。

就在她精心准备策划一场聚会时，子轩突然出事了。他受了伤，无法再面对胡灵，单方面跟胡灵分了手。

四十岁的年纪，却有了六十岁的心境，胡灵想为什么命运这么捉弄她，让她失去了小川，又失去了子轩。

从思浓的墓地出来，天空阴沉沉的，飘了一丝丝细雨，胡灵慢慢地往回走去。她喜欢这样淋淋雨，这可以让她真实地感受到自己的存在。

突然，远处有一个熟悉的身影闪过，她愣住了，继而忍不住热泪盈眶，是真的吗？不是幻想吧？是小川回来了？是吗？

“傅小川——”她用尽所有力气叫他。

他手持一束菊花，慢慢地回过头来，还是当年的少年模样，好奇怪，岁月居然如此厚待他，没有在他脸上留下丝毫痕迹。

他也是来拜祭思浓的吧？

胡灵曾经幻想过千百次，她再遇到小川会怎么样，打他一顿？责怪他丢下自己跑掉？不理他让他后悔一辈子？

可是他真实地坐到她面前了，她反而有点不知所措，半句话也讲不出来。

茶馆里的人很少，菊花被水泡着一沉一浮特别好看。

小川问："你这些年过得好不好？"

胡灵点点头又摇摇头，顿了顿又点点头。

小川长叹了一声没有说话。

胡灵不敢问他当年为什么不告而别，怕问了大家尴尬。她好不容易又见到他了，不能让他再走了，但又不能不说话，隔了良久她才说："你呢？"

"我？"小川轻轻一笑，"我的故事说来话就长了。"

胡灵说："今天我休息。"

小川点点头，开始讲述他的故事。

那一阵子恰好是小川的至暗时刻，他在工作上的不得志令他整个人都有点烦躁，不仅跟同事处不好，回家跟胡灵也处不好，他知道不能再这样下去，但怎么也控制不住自己。有一天，他看到考古队里的成员有一个举动操作不当，即刻暴怒，差点要动手打人，最后被考古队里的老人阿彪拦住了："年轻人，火气不要这么大，这世上的事那么多，你能管几样？"

"看到一样管一样。"

"你看到的还是太少了。哪天来我家，我给你看点好东西。"

阿彪是个六十岁左右的老头，据说是为了这次考古专门聘过来的，他不仅知识渊博，为人也极儒雅。他把小川带去他家做客，小川发现他家的收藏多不胜数，有很多还是孤品。

不仅如此，阿彪对于修复古书、写大字、临摹画、鉴别古董都有一套。小川从小到大都没有崇拜过任何人，但他崇拜这个阿彪。

有了阿彪，他在考古队的苦闷日子就结束了，他每天听阿彪讲各种典故，学各种知识，就连他在古墓中看了很多次都无法想通的问题，在阿彪面前也不再是难题，没多久他又能捡起画笔画画了，考古队的工作也接近了尾声。

这时，阿彪说在体制内永远无法突破视野和成长，要小川跟着他去广州发展，小川顾及胡灵没有答应。结果回家的时候胡灵突然又不知道什么缘故，跟他大吵了一架。他想，他们要这么下去最后也是分手，于是他来到阿彪家，决定跟阿彪一起去广州。

阿彪很厉害，在这十年里几乎把所有技艺都传授给小川了。小川现在可以轻而易举地分辨和田玉的籽料和俄料，从画的颜色和技术推测作者，要是仿个印章，就算行家也看不出真伪。这些看似与绘画无关的技巧，其实也在无形中增加了他的画技。到了此刻他终于体会到一切艺术都来源于生活，没有生活的艺术永远谈不上艺术。

他很怕家里的一切会成为他的羁绊，所以斩断了跟家里的一切联系，但还是会给姑姑寄生活费。这次要不是偶然遇见熟人，得知思浓的事，他还不知道什么时候能回来。

胡灵记不清她跟小川吵过架，她拼命想、拼命想，就是想不起这一情景。

这时，她听小川问：“这些年，你怪我吗？”

“怪！”胡灵幽幽地说，“一直都怪，可是不知道为什么，看到你就不怪了。”

小川笑了，问她：“身体怎么样？有没有在吃药？”

胡灵说：“身体很好，没有再吃药。”

两人有一搭没一搭地聊着，很快就深夜了。店要打烊，店员来催。小川说要送胡灵回去，二人便一路走到了胡灵家楼下。

小川说：“还在这里啊？”

胡灵点点头：“刚开始怕你找不到，不敢搬。后来住着住着习惯了，正好房东想卖，我就买了。”

小川点点头向她告别。

他走了一段，胡灵忽然叫住他：“小川，你还单身吗？”

小川点点头。

胡灵说：“我也是。”

说完，她像个害羞的小女孩一样往回走去，走了几步想到什么，又回过身冲到小川面前。

“你的新微信。”

小川加了她，说：“明天起来联系。”

胡灵说：“明天要开会，结束了我打给你。”

小川说：“好！”

那一晚胡灵睡得特别好，她想，春天是不是要来了。

第二天，胡灵上班，一进会议室就觉得大家很严肃，赶紧问旁边的同事，发生了什么事。

同事八卦地说，公安局来人了，正在跟领导商议什么，不知道出了什么事。

这时，领导带着几个警察进来。领导先说了开场白：“最近有海外同胞向敦煌文物研究中心捐献了原本流失的藏经洞十二卷之一，可谓是大好事，但据刑警部门调查，这藏经洞十二卷的其余十一卷落入了歹徒瓦叔之手，此人向来神出鬼没，没有人见过他的长相，要抓住他非常难。但可以肯定的是，他一定会想尽办法把这最后的一卷经文搞到手，攒齐十二卷一起出手，据说海外已经有买方了，我们一定不能让文物流落在外。”

警察老高接着补充：“各位是最有机会接触文物的人，所以保不准他们会向你们和你们的亲人下手，希望大家保持警惕，我先跟大家普及一下他们惯用的伎俩……”

胡灵轻轻地打了一个哈欠，满脑子都是小川的身影，想快点下班向他飞奔而去，哪里顾得上听那些枯燥的科普知识。果然，下班铃一响，小川就打来了。

胡灵问：“你怎么这么准时？”

小川说：“你别忘了，我是这个单位出来的。”

单位，好新鲜的词。胡灵笑着赶紧把东西收拾好赶往约会的地方。

胡灵没想到小川约她的地方是游乐场，她看定位以为是游乐场附近，到了才知道就是游乐场。她有点蒙，转而问小川：“我们来干什么？”

小川把食指伸到她的唇边“嘘”了一声，拉起她就往前跑。

胡灵记忆里已经很久没有坐过云霄飞车、跳楼机、旋转木马……本以为都是小孩子玩的游戏，自己一上去才知道好玩得不得了。小川要么跟她一起玩、要么帮她拍照。她望着他忙碌的样子，感觉青春好像又回来了，他从来没走过，之前的十年不过是一天而已。

玩累了，小川拉着胡灵去吃烤羊肉。孜然独特的香味和羊肉的鲜嫩充斥着他们的口腔，胡灵说这样吃味儿太大了，还好没有谈恋爱，不然怎么亲嘴。话音刚落，小川就亲上来了。

周围满是客人，看热闹的，叫好的，拍手的都有。胡灵想，小川还是变了，以前的他害羞又腼腆，现在这样大胆真是意想不到，不过她是不怕的，小川刚松开她，她又接着吻了上去。

晚饭后，二人去了月牙泉，亮起的路灯把整个绿洲照得犹如白昼。

小川和胡灵手牵着手沿着河道慢慢往前走。

胡灵问："你还回广州吗？"

小川说："还没想好，不过，你要我回来我就回来。"

胡灵摇摇头道："别忘了，我是因为你来这里的，你要是决定留在广州，麻烦你把我打包带走。"

"这么不害臊？"

"没有时间害臊了。"

小川突然觉得有点难过，他张开双臂用力地抱紧胡灵："我给你唱首歌吧。"

胡灵说："你还会唱歌？"

小川说："之前学的，用来应酬，但今天我是真想唱。"

胡灵点点头："那我洗耳恭听。"

小川扯着嗓子唱了起来："褪去了脂粉残香，零落在你的余光，昏黄，昏黄，你笑得那么凄凉。忘掉了锣鼓声响，陶醉在你和遗忘，疯狂，疯狂，为你死了又何妨？人世间的悲伤不够唱，干了这杯就上场，没有你的夜都特别长，谁懂我的，天地苍茫？戏台上的情义不够长，爱了终究要散场。不问你去何处结风霜？归来仍是，少年模样。”

“这首歌叫什么？”

“《戏子》。最近还挺红的，你肯定不太关心这个。”

胡灵当然不关心流行乐坛，但她不喜欢这首歌，她觉得太凄凉了，隐隐有一种不祥的预感。念及此，她又往小川怀里钻了钻，仿佛每贴近他一寸就能多获得他一点一样。

当晚，胡灵和小川在酒店开了房。这个建议是胡灵提的，他们玩得太晚了，再开车回去就半夜了，反正第二天也没什么大事，小川顺从地答应了。

胡灵觉得很奇怪，这次再回来的小川出奇地顺从，出奇地对她好。本来应该开心才是，但她不知道为什么反而闪过一丝莫名的担忧。

时隔这么多年，二人再度纠缠在一起，身体之间的触感既熟悉又陌生，胡灵摸着他的背脊觉得他瘦了很多很多，但比之前强壮了，也有力量了。不知道为什么，胡灵突然会想起子轩，自己和子轩之间有性事吗，怎么半点也想不起来了？难道真的记忆出问题了？不会啊，她和小川过去的点点滴滴她都记得。

小川看她走神了，上前轻轻地咬住她的耳朵低语：“想什么呢，专心点。”

胡灵笑了，他就在她眼前，她感受着他的光、他的热，她还有什么不满足呢？

恍惚间，小川喘着气倒在了她身上，她把脸深深地埋进了他的臂弯，不断地扭动着身躯，小川很快又来劲儿了，二人相视一笑，继续拥吻起来。

一连好几天，胡灵都开心得要飞起来，这时候她突然想到了子轩，她重拾了旧爱，那他呢？自己已经很久没去看他了，他好不好？有没有按时看医生吃药？

一想到这儿，她觉得自己就算是把子轩当作朋友也应该去看看他。于是，她买了水果去看子轩。

好奇怪，当她要找子轩家的时候突然不记得他家在哪里了，走着走着差点走回自己家了。她想她的健忘症真的要治一治了，也许就是因为这个，她才忘了跟小川的最后一次吵架。

既然找不到家就去警察局。警察老高在敦煌文物研究中心见过她，看到她赶紧招呼她进来坐。她倒是印象不深了，但记得有那么一件事。她说明来意要找子轩。老高说他们警察局没有一个叫郭子轩的人。

胡灵惊呆了，她说了子轩的过往，老高说没听过，问子轩是哪个部门的，胡灵嘟囔了半天说不出来。她突然发现她对郭子轩一无所知，只除了他出任务，被伤了身体，跟她分手了这一信息。

老高觉得她有点恍惚，问她要不要送她去医院。胡灵拒绝了，她脑子里一片空白，踉踉跄跄地回到家，掏钥匙开门的时候，钥匙都掉在了地上。

邻居郝姐出门买菜，看到她脸色煞白，赶紧问她出了什么事。

她抓住郝姐的手问：“郝姐，你见过我之前的男朋友郭子轩对不对？”

“郭子轩？”郝姐一头雾水。

“就是我相亲认识的那个，我讲给你听过，后来他经常来我家，你还说他长得帅。”

胡灵急得快哭了，希望这是一个恶作剧，最好快点结束。

但郝姐没有顺她的意，说：“小灵，你这十年都是独居的，我从来没有见过你带什么男朋友回家，也没夸过谁帅。”

胡灵目瞪口呆。

晚上，她在电脑上查资料，看到一则网络新闻，大意是说人会因为心灵创伤或者孤单幻想出另外一个自己或者一个伙伴……

窗外静悄悄的，突然一阵微风吹过，胡灵顿时觉得浑身汗毛都竖起来了。

# 第二十五章 梦魇

小川，你信不信平行空间？

网上那个潘博文的事件你知道吗？

胡灵在网上查的资料越多，人就越迷糊。小川看她总在说什么平行时空，心中不免有些担心，好几次他想跟她说什么，但到最后还是忍住了。

这一天，胡灵找了一个手持水晶球的占星师在屋里作法，小川终于忍不住了，他一个箭步冲上去要把占星师赶走，胡灵拼命地阻拦。她说："我可以忍受一切的变化，但不能让你也像子轩一样凭空消失。"

小川瞬间有点崩溃了，冲她喊："从始至终都没有郭子轩，那都是你幻想出来的。"

胡灵瞬间静默了，周围的空气慢慢凝结。

占星师看了看二人，尴尬地一笑，说："我还有事，先走一步。"

占星师离开，胡灵定定地望着小川问："你的意思是我得了精神病？"

小川上前抱住她，软声细语道："你只是太累了，出现了幻觉，现在已经没事了。"

胡灵细细地回忆过往。

她为什么不记得小川的离开?

子轩为什么从来没有跟她的朋友一起出现过?

她为什么总有些事记不起来了？

她轻轻地推开小川，瞪着他：“不，不是这样的，我要知道真相。”

小川望着她坚定的样子，轻轻地叹了一口气。他扶她坐下来，给她倒了一杯热咖啡，开始讲述自己知道的部分。

当年，警察来到胡灵被绑架的厂房，很快就制伏了歹徒，并且把人事不知的胡灵送进了医院。小川赶到时，看到她安然无恙，终于大大地松了一口气。然而胡灵却不再是之前的胡灵，她总会在某个瞬间突然莫名其妙地说自己是警察，要打跑歹徒，对着小川又踢又咬，然后又在某个瞬间恢复正常，像没事的人一样。小川觉得她不对劲，带她去看医生，但体检所有的指标都正常。万般无奈，小川只能求助于心理医生，于是便有了他带她去催眠的一幕。之后，胡灵对医院越来越抗拒，发病次数越来越频繁，直到有一天她半夜醒来拿剪刀刺伤了小川。

傅山得知情况，特地从上海赶来看小川，希望小川离开胡灵。姑姑面对抑郁症的思浓和受伤的小川，也有点心力交瘁。有一天，他无意中听姑父说父亲得了股骨头坏死，要动手术，但担心他的安全，迟迟不肯回上海，他的心突然被狠刺了一下。

伤好之后的小川状态一直很不好，他问阿彪，要是左右为难的时候应该怎么办。阿彪说，一走了之。

小川愣住了，他是一个那么有责任心的人，怎么做得出来？

阿彪问，你要是死了呢？

小川不知道该怎么回答。

阿彪哈哈大笑，他说：“既然是解决不了的问题，就算你再纠结也解决不了，与其大家一起痛苦，为什么不先放过自己？你想，要是你死了呢？这些人的日子还要不要继续？答案是肯定的。所以别把自己想得那么重要，也许你走了，事情也就迎刃而解了。”

阿彪的话深深地震撼了小川，晚上他回去照顾胡灵的时候，发现她的病更严重了，她一直叫他不要过来，对着他拳打脚踢。他猛地制伏她，心疼地哀求她，不要再这样了。胡灵也没有什么反应，突然她冷不防冲着他刚刚痊愈的伤口又是一下。

真正促使他离开的，是他意外地发现胡灵平时还好，只有跟他在一起时才会犯病，他住院期间和工作期间，她都很正常，偶尔还给他发发微信。他想，也许自己走了，胡灵的病就能不药而愈了。

胡灵听完小川的叙述，呆若木鸡。隔了一小会儿，她突然抬头望着他说：“不对，假如郭子轩是我幻想出来的，他的形象为什么这么清晰，我只要闭上眼睛就能看到他的样子。小川，你信不信平行空间？网上那个潘博文的事件你知道吗？”

胡灵见小川不说话，突然想到了什么，她继续说：“你不是有个心理医生朋友可以做催眠吗？让他给我催眠，看看到底是我的记忆出了错，还是真的有平行空间。”

小川拗不过胡灵，只好带着她来医院。

还是十年前那个医院，但此时那个医生的两鬓已经有了些许白发。他看到他俩很惊讶，寒暄了几句，开始给胡灵做催眠。

这一次跟上一次一样，到了草坪上她就迈不开腿了，医生不断地鼓励，可是她太害怕了，怎么也不肯动，最终只能以失败告终。

小川想胡灵再试一次，胡灵没有答应。她告诉小川，反正郭子轩已经消失了，无论是她精神出了问题，还是平行时空，都不影响她和小川之后的生活。她说人要往前看，过去的就让它过去吧。

小川私下问医生怎么回事，医生说人的心理很复杂，有时候突然出现问题，有时候又突然痊愈，医学界也没有特别的定论。小川问会不会再复发，医生觉得不好说，只嘱咐小川，要让胡灵积极面对生活，热爱工作，这样也许会对她的心理恢复有帮助。

这时候，敦煌文物研究中心正准备对外开放藏经洞的十二卷之一，想让研究员们各自拿出一个宣传方案出来，以备做资料撰写。

大家都知道，这卷经文原本是王道士发现后上交朝廷的，后来被进献给了慈禧。老太后对这样的文物完全不感兴趣，就丢在了建福宫的库房里。后来溥仪继位，清王朝灭亡，民国给了清室一个优待政策，就是让逊帝溥仪继续住在紫禁城。溥仪逐渐长大，不愿意做一个有名无实的傀儡，想要逃离皇宫去英美留学。为了策划这次离宫，给自己留学准备一些学资，他以赏赐为名，将大批宫中的财宝交给弟弟溥杰带走。太监们在取财物时，偷偷将这卷不起眼的经文也一起取走了。后来溥仪出逃失败，偶然发现太监们中饱私囊，怒不可遏，扬言要彻底清查，结果导致太监们放火烧了建福宫。之后溥仪把宫中大部分太监都赶了出去，自此这卷经文就流落在了民间，又辗转海外，直到爱国人士将它物归原主。

小川觉得这是胡灵的强项，鼓励她写好文案。胡灵表面上信心满满，但脑子里一直在想“平行世界”的事，以至于拿方案那天，大家都在说历史，她却说了一个平行时空的故事——溥仪明明记得自己看到过这卷经文，但内档的记录里根本就没有，他不由得怀疑是自己的记忆出了错，还是别的问题，然后他派人来到敦煌，意外地发现这卷经文从来没有去过宫廷……

领导听完又好气又好笑，提醒她，他们是研究员，不是说书编故事。

胡灵这才惊觉之前的事已经严重影响到了她的生活。

小川跟旧同事们也有来往，听说了这件事后，十分难受，但他没有在胡灵面前表现出来，反而对她更加温柔体贴。

胡灵察觉到了他的异样——他总是很疲倦，脸色也不好，跟她在一起的时候不是打哈欠就是走神，可是当她问他怎么了的时候，他又微笑地告诉她没事，继续强打起精神来陪她逛街和吃饭。

胡灵想看看平时她不在的时候小川在干什么，于是故意提早了两个小时请假回家，结果发现小川趴在桌子上睡着了，他身边放满了各种关于精神疾病方面的书籍，笔记本电脑上打开的页面写着《如何让妄想症的人走出阴影》。

胡灵久久不语。

小川醒来，看到胡灵大惊，忙不迭地合上笔记本电脑，收拾桌上的书，一边收拾一边说：“我最近在研究人的心理……”

胡灵伸手握住他的手，盯着他的眼睛说：“小川，再陪我去做一次催眠好吗？”

这一次来到草坪时，胡灵的恐惧感比前两次加剧了，但她一想到小川，深深地吸了口气往前走去。终于，她靠近了那个看上去非常眼熟的厂房，听到了足以震碎她心脏的呼叫声……她就站在门口，看着自己被强暴，她害怕极了，尖叫了起来，她看到那个强暴她的人慢慢转过头来，居然是郭子轩。

接着，她又看到被强暴完的她拔出子轩腰上别的枪，一枪把他打死了。

原来是这样，真相居然是这样的，她全部都想起来了。她被救出来之后，不愿意面对自己曾经被强暴的过往，心理上出现了问题，分裂出了一个“郭子轩”这样的人格。这个“郭子轩”经历了她所经历的悲惨遭遇，但又融合了拯救她的警察身份，大约是因为她的心里太害怕了太矛盾了，她觉得只有警察不会伤害她，才会创造出一个这样矛盾又不存在的人。

因为被强暴，她的身体对亲密接触有了很强烈的抗拒感，这些年来每当小川靠近她想要跟她亲热时，她就会本能地抗拒，这时，郭子轩这个人格便会出现。

胡灵从催眠中醒来已是泪流满面，她问医生，子轩为什么会突然消失，是不是证明自己已经痊愈了。

医生说不知道，也许是因为这十年已经抚平了她的伤痛，也许是因为她可以接受残破的自己了。

但胡灵觉得不是，她能恢复只有一个原因，是因为小川回来了。

为了证明医生的诊断结果，胡灵又去警察局调看了档案，当年她出于自卫不小心开枪打死的那个强暴她的歹徒就叫郭子轩，连相貌也是缠绕了她十年的那张脸。

不知道为什么，她突然没那么害怕了，也不再恨他，她觉得一切的恩怨，随着小川的再度出现已经全部化解了。

她问小川："你希望我做什么？"

小川说："你就是你，做你自己就好，我希望那个热爱事业，对'赢'有野心的胡灵可以重新出现在我的面前。"

胡灵用力点了点头。

不久敦煌文物研究中心准备派遣一名研究员来清理那一卷粘连的藏经洞经文。小川鼓励胡灵去争取。

经文是写在织物上的，清理起来特别困难，要用一台仪器喷着水，一点一滴地将脏东西吸进机器，不但耗时也费力，没有人想做。但小川觉得胡灵的性子太浮躁了，正好趁这个时候静静心，顺便也让领导们看到她的改变。胡灵觉得他说得有理，便主动请缨，拿下了这个任务。

这时候，李晔突然莫名其妙地找上门来，他最近在卖一些收来的旧物，想请胡灵给他鉴定鉴定，看看能不能编个故事背背书，报酬非常丰厚。

胡灵答应了。

小川觉得奇怪，她为什么还要搭理这种人。

胡灵说，警察来说过，近期有文物贩子要打藏经洞经文的主意，李晔早不来，晚不来，偏偏这时候来，有点蹊跷。

鉴于他之前的前科，胡灵觉得他很有可能是文物贩子派来的。要真的是这样，她不如将计就计，引蛇出洞，到时候不但为国立了功，也可以借此再提高一下知名度。

小川皱了皱眉，有点担心。

但胡灵胸有成竹，给了他一个信心满满的微笑。

# 第二十六章 藏画

小川说，
你相信我，可以修复的

要振作起来啊，我是个健康的人！

胡灵每天都这么告诉自己，并且很卖力地投入到工作里。她和她小组的修复员们将因为潮湿和保存不当，粘连成一团的藏经洞经文慢慢地剥离开。

很奇怪，以前处理其他丝织品写成的书都很容易，这次不知道为什么，特别难，感觉书页和书页长在了一起，无论怎么刷水、上药，都无济于事。她怕来硬的会破坏文物，就暂时让大家先停下，等想到办法再弄。

小川来研究中心找她，跟旧同事们打招呼，看到她愁眉苦脸的，赶紧上前问原因。

胡灵说出自己的苦恼，小川说可以帮她看看。胡灵拒绝了，她说他已经不是这里的工作人员了，不方便接触文物。

小川说："那好吧，我没办法帮你修复文物，但我可以帮你修复心情。"

正好下班的时间到了，胡灵想再想想办法，小川说："与其耗在这里冥思苦想，倒不如出去走走，也许会有新的灵感。"

胡灵觉得有道理，便拿起包跟着他离开了。

小川带着胡灵来到一个陶艺馆，胡灵问他来干什么。小川问她有没有看过电影《人鬼情未了》，胡灵百度了一下，发现是部 1990 年的电影，她笑着说，我太小了，没看过这样的老电影。

小川说：“看老电影是一种情怀和一种浪漫，你应该体验体验，放松放松心情。”说着指向陶艺馆里的电视机，里面男女主角正相拥在一起做一个陶瓶。

胡灵说：“我可是学历史和考古出身的，这难不倒我。”

小川不信，胡灵上手开始做陶瓶。不知道是不是因为搞了一整天的藏经洞经文，手有点疲劳，怎么做也做不规则。

小川见状，赶紧上前帮忙，胡灵嗔怪道：“你瞎捣什么乱？”

小川轻轻地握住她的手，正色道：“别动，听我的，不管发生什么，你要做的只有一件事，那就是相信我。”

胡灵被小川的认真整蒙了，小川突然露出白牙哈哈一笑，胡灵这才明白他在逗自己，赶紧拿着泥手去抹他的脸。

小川大叫：“瓶子坏了，坏了……”

胡灵大急。

小川说：“你相信我，可以修复的。”

胡灵顾不上听他的，手忙脚乱地一阵乱捏，最后瓶子整个歪了。小川伸手在她脑袋上一点：“叫你相信我，你偏偏不信。这下知道了吧？”

两人对视了一眼，全都一脸泥，不由自主地哈哈大笑起来。

晚上，胡灵抱着两人合作的花瓶，跟着小川往回走，她说她很久没有这么开心和放松过了。小川说有空可以经常去。胡灵停下来歪着头问小川，为什么会有那么多哄女孩子的法子，是不是这几年颇多艳遇，经验丰富。小川把两只手放在她的手上，说，这就是这十年里全部的经验，你看都磨出老茧了。胡灵骂他流氓，二人打打闹闹地继续前行。他们也没想到两个加起来快八十岁的人居然还有这样的惬意。

到了家门口，胡灵发现李晔在等他们，这才想起自己约了他，因为手机没电，所以忘了告诉他自己没空，不要来了。

李晔看到二人亲热有点尴尬，小川没有跟他说话，自己开门进屋了。李晔有点局促地站在门口不知该如何是好。胡灵说，我们谈我们的生意，你别管他。

李晔这次来带了一块天青冻，想让胡灵看看怎么编个故事炒作一下。

天青冻是一种新型的玉类，看着有点像玻璃种的翡翠，呈天青色，起荧胶，常常被不法分子当翡翠卖，但硬度低又容易失水，价格极其便宜。李晔说自己包了一个矿，都是这玩意儿，发财就靠胡灵了。

胡灵沉吟着不说话。李晔以为她瞧不上，赶紧解释："你看现在的古玩彩宝市场。山料俄料当籽料卖的一堆，更别提滚了皮充假的，翡翠就更恐怖了，啥料都能来冒充，还有最近很火的佛心果，现买现开，一样染了色骗你的钱。我这卖天青冻就说是天青冻已经很良心了。还有新疆和田籽料，以前开采技术哪有那么发达，宫里的，民间的，什么子冈牌，玉器花瓶，个个都是山料，也没见什么黄皮红皮各种皮，现在倒好一粒几十万了，这不都是炒的嘛……"

胡灵问："你就是想我给这天青冻写个故事？"

李晔笑道："顺便发发抖音，写写微博，到时候卖了钱分你三成，怎么样？"

胡灵没想到他是这个诉求，这个跟她的预料不一样。她又想，要是李晔真冲藏经洞经文来的，也不会上来就暴露，还是先观察一阵子。于是她说让李晔把天青冻放下，让她思考一下。

李晔大喜，连连称谢，临走前他看了看里面的屋子，没看到小川，叹了口气，失望地离开了。

晚上睡觉的时候胡灵跟小川讨论李晔，她觉得李晔变了很多。时间真的可以在人身上留下烙印，当年的李晔是何等风流倜傥，意气风发，如今却像一个贪财的小人，透着市井气和浓浓的油腻。不知道为什么，胡灵突然觉得自己的判断有误，这个李晔也许就是来讨商机的。

小川对李晔的情绪很复杂，他一方面怀念那个曾经伴随他度过少年时期的男孩，一方面又憎恨李晔给胡灵和思浓带来的灾难和痛苦。其实还有个他说不出口的情绪是，害怕李晔对他太好，这种感觉让他倍感压力和无所适从。

那天晚上，小川做了一个梦，他梦见李晔和他被困在一群狼中间，李晔为了保护他，浑身染满了鲜血，终于狼群退去，他上前问李晔怎么样了，李晔却猝不及防地冲了上来。他下意识一把将李晔推开，好像也没怎么用力，但李晔慢慢地倒了下来，身体碎成了好几段。李晔难过地望着他，像是有无限的悲哀，却没有流泪，眼睛里出来的全是血。

小川醒来后吐了一口气，想去阳台吹吹风，突然发现胡灵早就在那儿了，他居然没有发现她在他之前就起来了。

他说："早！"

胡灵点点头回应："早！"

小川问："怎么不多睡一会儿？"

胡灵说藏经洞的经文一天没修复好，她就一天不能心安。

小川望着她沉思的模样，突然发现她也老了，鬓边有三三两两的白发，风吹拂开那些白发，就露出眼角细细的皱纹。

小川突然想到很多年前胡灵跟他说过的一句话，具体是什么他已经记不清了，好像是她想做个对世界有贡献的人，她真的做到了。小川轻轻地叹了口气，走回屋里发了条短信，然后手磨了一杯咖啡塞进胡灵手里，轻轻地拥住了她。

“相信我，天道酬勤，你一定可以的。”

胡灵点点头，慢慢地闭上了眼睛。她想要是能一直这样躺在他的怀里该有多好，他的怀抱是多么温暖和舒服，可以抚平她心中一切的疲倦和伤痛。

李晔接到小川的电话时很激动，这些年来他一直不敢主动联系小川。

他们约在了在学校时经常去的那个火锅店，两人就这么对视着没有说话。良久，李晔才开口：“没想到你会约我。”

小川说：“我也没想到。”

两人又沉默了一阵子。小川说：“我们一直都是好朋友，你也没什么对不起我的，但你对不起胡灵，也对不起思浓……”

李晔点点头说：“都是我的错，我不该引狼入室，不该伤害思浓。”

小川说：“死了的人，再后悔也没有用，活着的人还能弥补，胡灵是个大度的人，她不怪你，但是能弥补一些是一些，不为别的，就为安自己的心。”

李晔说：“好，有什么我能做的，我一定义不容辞。”

小川说了胡灵最近修复藏经洞经文不顺利。他说：“以前上学的时候你就是这方面的专家，现在做文物生意应该更厉害了吧？你帮帮她，她可以事半功倍。”

李晔满口答应。

小川说：“有时候想想我才是罪魁祸首，要不是我……也许这一切都不会发生了。”

李晔一杯杯地喝酒，没有说话。

第二天，李晔给胡灵送了很多高科技的工具过去，胡灵有点诧异。李晔说：“你帮我想故事，我也得帮你做点事。你的经文呢？要不要给我看看，我认识很多书匠，都是修旧如旧，没准能帮到你。”

胡灵问李晔谁告诉他自己在修经书，李晔说是小川。胡灵大大吃了一惊，顿了顿告诉他，谢谢他的好意，一级文物不便外带。李晔倒是识相地离开了，自此之后他每隔几天就跑来一趟，不是给胡灵送各种修复书籍的方法，就是送吃送喝。胡灵本来已经不怀疑他了，这么一来，又觉得他形迹可疑。

小川觉得胡灵过分敏感了，但胡灵就是觉得李晔不太正常。

藏经洞的经文修复始终没有进展，胡灵拖着疲惫的脚步回到家，小川不在，她在沙发上窝了一会儿起来收拾屋子，突然发现小川前几天画的那幅仕女图不见了，取而代之的是一幅黄沙图。

这应该是小川新画的吧？黄沙中的“黄”好熟悉。她忘了在哪儿见过，思索了一会儿回过神来，这黄颜色不重要，重要的是小川的仕女图不见了。她猛地想起早上浑浑噩噩地起床，把一堆纸箱卖给了收破烂的阿婆，不会……

一想到这儿，胡灵赶紧夺门而出，小川正好进来，二人撞了个满怀。

小川问明缘由，哈哈大笑。他拉着她走到黄沙图前，拿起刮刀将图上的黄沙刮掉，露出了里面的仕女图。他告诉她，古人都喜欢在传世的名画上再覆盖一层画用以保护，他也想尝试着玩玩。

胡灵突然想到了什么，一把推开小川往外跑去。小川吓了一大跳，问她出什么事了，她说要去研究中心一趟。

胡灵回到自己的办公室，拿出藏经洞经文细细查看，果然页与页之间特别厚实，像粘连了一样，再加上后几页的字迹全部模糊，所以大家都以为是粘住了，其实这卷经文就那么几页，粘住的几页里面有别的东西。她拿起专业的小刀，轻轻沿边裁开，每一页里都藏着写满字的纸条。

第一页上娟秀的文字写着：信女章燕绥沐手进献。

# 第二十七章 对照

历史是人写的，
人总会有欲望，
有欲望就会被权力驱使，
被权力驱使就没有什么真实可言了

胡灵整宿整宿睡不着觉，因为经文夹层里的文字全部被水化开了，完全无法阅读。原本想着要是能知道来历，不仅是考古界的一大发现，也能给参观者更多的遐想。现在这样，除了表示书中有书之外，一无所获。这对于求知欲和好奇心都旺盛到极点的胡灵来说简直是一个巨大的折磨。

与此同时，李晔突然以文物爱好者的身份给敦煌文物研究中心捐献了一批专业的鉴定仪器。对此，领导很是赞许，专门特批让他多来研究中心走动。

胡灵对李晔是有戒心的，她怕自己要是一直无法破解“书中书”之谜，领导换下她让其他人来负责这个项目，就会给李晔可乘之机。

小川觉得胡灵想多了，他说，李晔本身就是学修复壁画出身，对历史有爱好，捐献点东西也合情合理，或者这里面还有讨好胡灵的意思。

胡灵摇摇头，她觉得这两个理由都说不通，要捐仪器啥时候不好捐，为什么偏偏挑这一刻？至于那个“天青冻”，她压根儿没再听李晔提过，会不会只是幌子？

念及此，胡灵在“书中书”之谜上更花功夫了。小川见她总是熬夜，提出要帮她看看。胡灵说重要文物拿不出来，小川表示理解，他说你可以给我一个扫描文件，我看看可不可以找找懂行的专家朋友一起帮你想想办法。胡灵觉得也没有第二条路了，就点头答应了。

第二天，她拿了扫描件给小川，小川也爱莫能助，他给远在广州的阿彪打了个电话。阿彪说，先看看，尽力而为。

这边小川在想方设法破译“书中书”，那边李晔已经得到了研究中心的信任，不仅应邀来研究中心参观，连一些重要文物也对他开放了。胡灵看在眼里，急在心里。

这天，李晔从领导办公室里出来，胡灵拦住了他。她给他介绍了一个准备拍摄敦煌题材连续剧的导演，告诉他可以将天青冻作为重要道具植入戏中，到时候作为历史顾问的她，也会帮着他一起宣传。

很奇怪，李晔对天青冻的升值空间并没有他那天在胡灵家表现得那么积极，他只是说改天找导演聊聊就没下文了。

这林林总总的信息汇总让胡灵越来越不安，她在犹豫要不要把自己的怀疑告诉领导。不说吧，万一李晔真是文物贩子派来的，到时候经文遗失了谁负责？说吧，万一冤枉了李晔，害他好不容易刚刚有点起色的事业再度毁掉也有点于心不忍。她是被网暴过的人，她知道被人误解是什么滋味。

就在这时，阿彪经过各种放大、扫描、鉴定得出了一个结果，当小川把文字交到胡灵手里时，胡灵激动得快要哭出来了。

这是一段被湮没的历史。

明朝嘉靖年间的一天深夜，一名卖花女——章燕绥来到衙门击鼓，状告当今皇帝的堂兄，镇国大将军朱载元强暴了她。

朱载元曾经荒唐过一阵子，城内尽人皆知，后来洗心革面，又立了战功，不知道是狗改不了吃屎，还是被人诬陷。

主审的县官陈正义看着堂下的苦主很是苦恼。他一直得不到朝廷的重视，每次宫中有琼林宴都不邀请他，即使跟着别人去了也不受待见，主要是没有政绩，不出名。这次机会送上门了，可是他不敢捅上去，怕万一得罪权贵会丢了性命。

但他那个恨铁不成钢的夫人吕氏不是个省油的灯。她建议他先把这事儿弄得满城皆知，然后不得不顺应民意，展开调查。

老百姓的情绪很快被这起事件调动了起来。

陈正义原本胆子很小，但经不住夫人一再怂恿，幻想起全民呼唤他青天大老爷的情景，突然涌起了一股热血，决定去抓大将军朱载元。结果朱载元的答案很令陈正义失望，他说，这个叫燕绥的女孩每次来府中送花都搔首弄姿，企图嫁入府中为妾，被他义正词严拒绝后，心有不甘才闹了这么一出。

到底谁说的才是真的呢?

陈正义展开调查，发现燕绥平时接触人少，邻居们都不清楚她的为人，但有个线索很可疑，有人常常见她跟一个赌徒周贵在一起，貌似很亲密。燕绥的解释是周贵的父母曾经接济过她，她不过是投桃报李罢了。她说的也被证明是事实。

另一边朱载元曾经荒唐过一阵子，跟夫人沈氏夫妻感情很不睦。沈氏总怀疑他拈花惹草，这次调查虽然站在丈夫这边，但仍不相信丈夫，暗中叫人各种打点，形迹可疑。

陈正义层层抽丝剥茧，几乎可以断定朱载元有罪。就在他准备拿下朱载元之时，意外地得知了燕绥的过去。她在来京城之前曾是个唱戏的，做过很多仙人跳、勒索钱财的事，只是坐牢之后掩饰得很好，才没有太多人知道。

怎么办？这也许是件冤案。

要是大将军朱载元无罪，案子就显得太普通了；要是民女状告大将军告赢了，案子才足以轰动，让他名满天下。

陈正义想了一夜，燕绥过去的污点不能跟此案并论，既然表面证据已经成立，那么就以此上报朝廷，请皇帝定夺。

为怕皇家包庇，拿他开刀，在递折子的前一刻，他也把结果同步给了百姓。一时间轰动全城，大家都同情燕绥，唾弃朱载元，同时也把陈正义当成了正义的化身。

皇帝接到奏折很生气，怎么会有平民挑战皇权？他深信堂兄不是这样的人。这时太后跑了来，要皇帝必须保朱载元。

这样一来皇帝反而有点犹豫了，朝廷刚刚结束太后垂帘的日子，开始由他亲政，要是包庇亲戚恐怕会令百姓反感，不利于之后的统治。何况朱载元战功彪炳，声望极高，如今皇帝还没有皇子，要是以后也没有，估计会立朱载元的儿子做太子。

一想到这里，皇帝就来气。这件事还是顺应民意吧，这样比较妥当，于是他不顾太后的反对，以悲愤的心情下诏：

王子犯法与庶民同罪。

此举赢得了一波赞誉。

随后，朱载元被夺了爵，押进大牢。

故事到了这里，本来应该结束了，却还有后续。

燕绥的遭遇既让她被同情，也让她被唾弃，全城都知道她被强暴，纷纷向她投以异样的目光。她也没法跟周贵见面，不然会引起无端的猜测。可是她爱周贵，她不忍心他被追债的人打死，她渴望他能还清赌债，洗心革面，重新做人。

就在这时，沈氏来见她，拿出一笔钱给她，告诉她，你告官的目的无非是要钱，现在这样的结果肯定也不是你要的，既然如此，不如收下这笔钱，帮朱载元把案子翻过来，就算会吃点苦头，但至少周贵的燃眉之急解决了，并且将来还有机会跟他团聚。

沈氏还偷偷告诉燕绥，周贵的债务目前已经转移到了她的名下，要是不听她的，周贵不会有好日子。

就在燕绥为难之际，吕氏日子也不好过，本来陈正义窝囊又屃，啥都听她的，她觉得他没有男子气概，到如今陈正义变成了青天大老爷，底气足了，突然一反常态，不仅不听她的话，连她多嘴几句，都会挨一顿暴揍。从来没挨过打的千金大小姐吕氏暗暗滋生出一丝恨意……

燕绥再度来到县衙，一口推翻了之前的供词，陈正义气坏了，不断提醒燕绥诬告的下场，但燕绥就是一口咬定这个案子是自己一手策划来勒索朱载元的。

当下围观的百姓太多，堵不住悠悠众口，陈正义无奈，只能暂时将此事压下。

陈正义回到房中想了想，也许好日子要到头了，气不打一处来，又暴打吕氏出气，然后又抱着吕氏痛哭，说不知道该怎么办。吕氏觉得脱离魔爪的机会来了，要他秉公执法，大不了夫妻俩从头再来。陈正义坚决不干，他不能毁掉自己好不容易得来的政绩，于是警告吕氏闭嘴，为防此事泄露，他还把吕氏关了起来。

陈正义觉得现下最好的办法就是先拖着，再慢慢地想办法说服燕绥。

吕氏见状，为了保命，各种讨好，并且站在陈正义的角度分析，慢慢令陈正义对她松懈下来。

太后寿诞，宴请各位官员的诰命，吕氏在被邀之列。陈正义不敢让吕氏去，吕氏说这样反而被怀疑，她拿出准备好的毒药吞下，把解药塞给陈正义，向他发誓自己的忠诚。

陈正义终于放行。

宴会上，吕氏向太后说出一切。太后震怒，跑去责问皇帝。

吕氏不慌不忙地回家了，她告诉陈正义，毒药解药都是杏仁粉而已，只有他这样的傻瓜才会信。

陈正义求吕氏出主意，吕氏说晚了，陈正义扑上去掐住她的脖子，决定跟她同归于尽。

太后要皇帝立刻释放朱载元，皇帝表面答应，暗中派兵将太后软禁。他觉得这位嫡母权力太大，要是什么都由她控制，自己将来的日子很不好过，尤其朱载元手握兵权，在军中威望颇高，要是让他俩联合，自己就成傀儡了。于是，皇帝下令处死燕绥，将此事迅速遮盖……

胡灵看完倒吸了一口凉气，觉得这段往事实在是太精彩了，要不是从古籍中发现，她都不相信这是真人真事。

等等！她突然想到了什么，看向小川问：“明朝嘉靖年间有朱载元这个人吗，我怎么不记得了？”

小川说：“我也没听说过，可是我们这一行都知道，在历史的长河中，总会有那么一些人因为这样那样的原因被湮没。历史是人写的，人总会有欲望，有欲望就会被权力驱使，被权力驱使就没有什么真实可言了。”

胡灵表示赞同。

小川问胡灵：“在这个故事里你读出了什么吗？”

胡灵想了想说：“好像《罗生门》。”

小川说：“是，我要说的就是这个，所以以后遇到问题我们都不要只看表面就轻易下结论，很多时候所谓的真相远比我们看到的要复杂得多。”

胡灵笑着说：“是的，就像我常常被网暴，但这些网友根本不了解我一样。”说到这儿她眉头乍然一皱，拿着复原的文字问小川，“这故事还没完呢？后面怎么样了？”

小川说：“这……以阿彪的本事也只能恢复这三分之二，后面三分之一完全看不清，谁都没办法。”

怎么办？做背景介绍的时候要是照这个写，大家既不知道它跟藏经洞经文有什么关系，也不知道故事的走向是什么，简直比没有故事还不舒服。

胡灵追问小川阿彪是怎么找到前面一半文字的，靠的是什么技术。

小川说这是他的独门秘籍，每个搞古玩文物的都有自己的一套，对方不愿意说，自己也不好问。

胡灵感到有点绝望。

小川看她愁眉苦脸的，赶紧安慰："'书中书'是没办法了，经文本身之间是否有信息呢？"

胡灵问："什么意思？"

小川说："要是书中书刚写好就被缝进经文里，有可能经文的反面印有文字。"

胡灵一听大喜，亲了小川一口，飞快地跑了出去。

# 第二十八章

# 迷雾

隔了良久，胡灵突然问：

『你还爱我吗？』

小川要回答，胡灵突然又阻止了，

她流着泪说：

『不要告诉我，我怕我会受不了。』

胡灵将藏经洞的经文拿起来在灯下细看，果然在反面发现了些许墨迹，可是墨迹完全不成形，根本看不清文字。她想了想，觉得阿彪既然能在一团墨迹中发现文字，这个说不定也难不倒他，于是吩咐修复员赶紧把经文细细扫描了一遍带给小川。

很快，阿彪就有回复了。他说现在的扫描件太不清晰了，即使放大好几百倍也只能获取间或几个字的信息，完全无法将其内容参透，他希望能看到原件。

胡灵表示这根本办不到，作为文物的负责人，怎么可以轻易将文物拿出来。她问小川，阿彪有没有可能来研究中心看看。

小川给阿彪去了电话，阿彪表示最近太忙，没法来敦煌，他让小川去看看原物，然后对比扫描件将墨迹位置全部给他标出来，有些分不清是墨迹还是脏，或者布帛的纤维线，也标出来。

小川点头答应了。

从这天起，小川每天都去研究中心看经文，细细描绘，胡灵派了修复员盯着他。

修复员笑说："自己家人也要跟防贼似的？"

胡灵说："公事必须公办。"

修复员们纷纷给小川打抱不平，说他为了帮胡灵把眼睛都熬坏了，胡灵不领情不说，还派人监视他。

每每这时候小川总是装出一副受伤的样子倒在胡灵的肩膀上说：“谁让我前世欠了她呢？”

胡灵望着他玩笑的样子既害羞又甜蜜。

小川的努力很快获得回馈，阿彪又复原了一段文字过来：

就在皇帝准备暗杀燕绥，不让她翻案之际，倭寇突然入侵。朝中无领兵之将，大臣们纷纷推举朱载元。

皇帝思忖再三，江山为重，一边派人召回刺杀燕绥的杀手，一边来见太后。他告诉太后，为了显示公平公正，他故意演一出戏软禁太后，这样一来，朱载元的事无论百姓怎么议论，问题都在他身上，而不在太后。

太后当然不信，但是台阶得下来。她告诉皇帝自己虽然不是他的亲生母亲，但爱他的心是一样的，她最最看不惯的是皇帝优柔寡断的个性，所以才故意站朱载元这边，想逼他拿出君王的魄力。原本一切如她所料，她还挺开心的，但皇帝这一解释，她反而失望了，因为她要的从来不是个孝顺的儿子，而是一个厉害的君王。

皇帝没料到太后存的是这样的心，思忖了良久，才跟太后道出心声，他已经把太后的党羽尽数铲除，其中包括太后的至亲。

太后不动声色，看不出是喜是悲，但她连连说了三个“好”字，表示年迈熬不了夜，转身进内室休息了。

之后皇帝每每有事都跟太后商议，他觉得太后是向着他的，太后也只好把这件事当成了真的，跟皇帝一起上演母慈子孝的戏码，很多年后，直到临死她还说，老鹰把小鹰丢进山谷是为了它更好地起飞。

朱载元得以洗刷冤屈，恢复爵位，而紧接着他将带兵出征打仗，临行前他去牢里看望了燕绥……

胡灵看完大为兴奋，要小川赶紧把经文里剩余的部分描绘出来让阿彪解读，小川当然乐于效劳，可是没想到这个时候突然出了个意外。小川最近画得很勤，屋里有点放不下了，但又不想买卖或者送人，本来他想专门租一间屋子来摆放的，但胡灵考虑到将来要结婚，不想浪费钱，这件事就作罢了。为了给家里腾地方，小川想到了一个妙法儿。

胡灵租的房子比较高，客厅有五米二，平时看着空落落的，但不实用，小川想，要是把画全部挂起来，当一个装饰品也是蛮好的。于是，小川专门挑了一个节假日，拉着胡灵一起忙活儿起来。本来一切挺顺利的，突然间他脚下一滑，从梯子上滑了下来，小腿肿得比馒头还高，医生嘱咐要休息静养。

胡灵对于解读“经文”的事虽然着急，但想到身体还是比工作重要就暂时不提了。

这段日子李晔是越来越活跃了，他在神圣的历史中不但找到了久违的荣誉感，还找到了商机，跟敦煌文物研究中心一起开发文创产品绝对是一个好主意。他从故宫那个“朕知道了”的贴纸中获得灵感，也把千手观音图、九色鹿、供养人图等分成若干个系列，出手机壳、手办、壁纸，现在的年轻人特别喜欢传统文化，一下子就火热起来。

趁热打铁，李晔请了北京最著名的摄影师程蒯给他拍摄一组跟文物在一起的写真，他觉得在这个时候把自己的名气炒起来最重要。院领导也大力支持，所有文物让他挑选，他也奇怪，偏偏就选了藏经洞经文。

这一下触了胡灵的逆鳞，好巧不巧下午领导又问起胡灵的研究情况，补了一句要是实在没进展，可以交给别的同事试试。

这怎么行?

当晚胡灵就梦见了李晔用假的经文换取真的经文，醒来一头大汗。

小川问她怎么啦，她如实相告。

小川觉得她对李晔的偏见已经接近走火入魔，便说：“要不你把经文拿回家来，我尽快搞完，让你好交差，至于李晔，国家单位又不是吃素的，安保措施那么好，你又担心什么？”

胡灵想想也是，不过把文物拿出来手续太麻烦了，研究中心同不同意还两说。小川说以前也有同事为了做研究把东西带回家，第二天再送回去，不过他已经十年没有在体制里待过了，不知道现在是什么样的情况。

胡灵说：“那我想想办法吧！”

她找了领导说明了原委，终于把经文交到了小川手里，原本可以松一口气了，没想到几件事的出现又把她拉进了深渊。

第一件事是小川和阿彪视频的时候她突然闯入，小川像惊吓到一般，迅速关了手机，她觉得很奇怪，这个阿彪见不得人吗?

第二件事是她帮小川收拾画作时又看到了那抹熟悉的黄颜色，她记得那幅画中画已经刮开了，为什么还要调这个颜色？难道要再画一幅?

她打开手机调出藏经洞经文的图卷一对比，好家伙，两种黄一模一样，要是把这抹黄抹在布帛上，几乎可以乱真。

第三件事是小川又和李晔走得很近，她隔了一条街看到他们分开，想叫住他们，想想又没叫，之前明明看到小川是不理李晔的，现在他明明知道自己怀疑李晔，为什么反而跟李晔走得更近了。

想到这儿，胡灵跟着李晔来到了他过去的画廊、现在的古玩行。

李晔看到胡灵分外热情，胡灵也没有拐弯抹角，直接说出了自己的怀疑，希望他苦海无边，回头是岸。

李晔一听这话急了，赌咒发誓说自己从来没有觊觎过文物，之所以最近跑研究中心勤都是因为小川的话，小川希望他能帮到胡灵。

这下胡灵纳闷了。小川为什么不跟自己说呢？难道……

胡灵不敢想，觉得那不可能，小川怎么会是文物贩子？

不管李晔是不是，她今天这番话应该也有敲山震虎的作用，她相信他短期不会乱来，准备起身要走，在门口突然看到墙上挂着一张集体照片，其中有一个人脸撇到了一边看不清楚。

李晔解释说，这个就是传说中的瓦叔，当初警察也看到了这张照片，可惜光这么看根本看不到样子，他本来想撕了这张照片，但照片中很多大人物以后很难再合影了，就放在这里做门面。

别人看不清，但胡灵认出来了，这个人就是跟小川通话的阿彪，原来阿彪就是瓦叔，瓦叔就是阿彪！

胡灵突然感到背脊一阵发凉。

回到工作岗位的时候，胡灵一直在发呆，同事叫她也没回过神来。研究中心一个资深领导来问她怎么发现故事的，她叙述了所有过程。领导是布帛方面的专家，她告诉胡灵，经文夹层出现这样的情况几乎是不可能解读的。胡灵追问怎么个不可能法，领导说不是技术层面的，是物质层面的，物质已经发生了改变，怎么可能复原，要是可以，全世界古代存在过的文字信息都可以破译了。

胡灵神色恍然地回到家，发现小川的脚恢复得比自己想象的快，已经可以一瘸一拐地走路了。

小川惊讶于她比平时早回来，有点意外，但还是非常淡定地给她拿家居服。

胡灵没有接，直接问他这一切究竟怎么回事。胡灵直接说："你跟着阿彪，不，瓦叔去干那见不得人的勾当就算了，还拉着李晔做替死鬼来骗我，你到底居心何在？"

小川愣了一下，赶紧矢口否认，说她想多了。

胡灵要小川解释颜料、瓦叔、李晔这一个个问题，小川显然没有思考过，久久没有回答。

胡灵失望地要离开，小川拉住她说："我可以解释的。"

胡灵说："我来之前已经报警了，你跟警察说吧！"

话音刚落，警察就来了。

胡灵从保险柜里拿了藏经洞经文和小川一起来到警察局做笔录。胡灵把自己知道的一股脑儿说了，当警察问小川的时候，小川并不着急，他向警察叙述了胡灵的病史，还找来了医生做证明。

胡灵见状大急，掏出手机找她跟小川的微信聊天记录给警察看，证明是有阿彪这个人存在的，只要抓到阿彪，一切真相就会水落石出。可是好奇怪，其他聊天记录都在，独独缺少了关于阿彪的一切。

胡灵自己也愣住了。

警察显然相信了小川的话，要他带胡灵回去好好吃药。

胡灵突然拉住警察的手，将藏经洞经文交给警察。她说：“这是国家的，不容有失。”

警察看向小川，小川有礼貌且绅士地表示，请警察帮忙交给敦煌文物研究中心，警察点头同意了。

回到家中，小川和胡灵面对面地坐着。胡灵把手机一扔，又把包倒扣过来倒在桌子上，以表示自己没有录音什么的，然后定定地望着小川：“为什么，给我一个理由。”

小川思忖了良久，才从胡灵的包里掏出了一根烟点燃。

在胡灵的记忆里，他是不抽烟的，很显然他早就已经不再是过去的他了。

在胡灵发病最厉害的时候，唯一能让小川轻松点的就是投入到工作中去，可考古队也是个小团体，按资历像他这么年轻的工作人员根本没办法参与到最前线。

这时候瓦叔出现在小川面前，他之前派人绑架胡灵赔了夫人又折兵，但架不住对古墓的向往，还是凭着丰富的知识和强大的人脉混了进来。混进来之后，他发现这个古墓的价值不大，反而小川是个宝藏。

瓦叔起先是在小川面前展现出自己高超的历史知识、鉴别技术以及文化修养，当小川对他佩服得五体投地之后，他又说要收小川为徒，教小川各种各样的知识，直到小川已经全然信任他了，他才亮明身份。

小川完全接受不了他就是瓦叔的事实。瓦叔说：“每个人都说我是坏人，可是我坏吗？不，我不这么认为，我才是最爱文物的人，我才有资格名垂青史。”

小川被他的气势震慑住了。

瓦叔说他人生第一次被人当坏人是在“文革”的时候检举了自己的授业恩师。当时每个人都看不起他，但他觉得自己没错。恩师已经很老了，没有价值了，要是不检举恩师，他就会跟着恩师一起下地狱。当时他还这么年轻，有一肚子的学问，报效祖国不好吗？非要为了一点道德观，浪费资源吗？古人都说了，两害取其轻，这些人怎么就不明白呢？

他说自己卖文物是有原则的。他问小川：“文物在博物馆里保存好呢，还是那些花大价钱的私人买了去保存得好？”

小川说不上来。

瓦叔说：“当然是私人。公家即便有再多的钱，一来文物太多，二来工作人员不一定热爱文物，三来就像这次挖掘古墓一样，对大部分的工作人员来说不过是份工作而已，谁会认真呢？私人就不一样了，他花大价钱买的，一定会非常爱护，能出得起这个价钱的，也一定有最好的维护能力。你这么想还会觉得我只是个文物贩子吗？”

小川没法反驳他。随着古墓开采工作日益深入，各种懈怠、破坏惨不忍睹，小川终于暴怒了，和一个工作人员发生了冲突，之后就离开了工作的岗位。

那段日子特别灰暗，尤其是当他发现他靠近胡灵时，胡灵就会犯病，这样的挫败把他打到了谷底。而这一时刻只有瓦叔陪伴在他身边。瓦叔告诉他，就算王道士把藏经洞的很多文物卖给了法国人、日本人，但是站在文物的立场上王道士就是对的，就因为这样这些文物都保留下来了，要是留在国内，以当时的保存技术来说，肯定有很多遗失和损坏，再加上“十年浩劫”等各种天灾人祸，还保不准有什么留下呢！

小川就这样被他说服了，随着他来到了广州……

胡灵问小川：“那个颜料是怎么回事？我手机上的聊天记录又是怎么消失的？”

小川说，本来想造个假的来换真的，但是没有机会。那天瓦叔根据前几卷经文夹层中间有东西，故意让他以画中画指导胡灵发现秘密，进而取得她的信任。至于聊天记录，他问她记不记得那天去陶艺馆……他留下了她的指纹。

原来一切都是有预谋的，可是为什么要打她的主意呢？

小川说是碰巧。瓦叔这次的买主是个佛学研究的专家，这些经文到了他手里会发挥更大的价值。

胡灵问：“这个买主是外国人？”

小川沉默。

胡灵说：“你这是在犯罪！”

小川没有说话。

隔了良久，胡灵突然问：“你还爱我吗？”

小川要回答，胡灵突然又阻止了，她流着泪说：“不要告诉我，我怕我会受不了。”

胡灵说完转身回房关上了门。

这一夜，胡灵没有睡着，第二天早上她起来的时候小川已经离开了，桌上留着一张纸条是藏经洞经文夹层的最后一段解读。小川注明了是根据前十一卷里完好的文字推测的。

胡灵发现里面的女主角跟自己一样惨。

# 第二十九章

# 古今

大时代背景下，
人要独善其身，
终究还是不可能的

朱载元选择了深夜来看燕绥，引路的狱卒充满了好奇，一个被告的大将军夜会美女苦主，简直可以凑够一年的谈资。但他是注定听不到的，因为朱载元一进去，就让所有人退下了。

没有人知道燕绥上告一事居然是朱载元自己一手安排的。那会儿他刚刚打胜仗回来，声望极高，所有人都急着讨好他巴结他，他心中却隐隐感到了一丝不安，功高盖主，这是多大的罪名啊!

就在此时，他的夫人沈氏突然怀孕。为了不让后人继续卷入朝堂的斗争，他决定牺牲自己的名声，来保一家大小的安危。

朱载元注意到燕绥是因为她经常来府里送花。按理说，一个卖花的是不可能引起主人注意的，但燕绥与众不同，每回看到朱载元时都欲言又止，仿佛有什么话要说，但犹豫了片刻又没有说出口。时间一长，朱载元难免会觉得好奇，他把她叫来问到底有什么事。

燕绥没想到自己的举动会引起大将军的注意，她也没有避讳，直接就说了她和周贵的情感，以及周贵欠下巨款又无力偿还的事，希望大将军施以援手。

朱载元哈哈大笑，他没想到这名女子这么大胆，居然敢跟他开口借钱，本来不想理她，但突然觉得这是个脱离权力纷争的好办法。于是他收买了她，跟她一起演了这出戏。过程中的每一步他都计算好了，比如故意跟沈氏闹翻，选择郁郁不得志又渴望名利的陈正义。然而人算不如天算，这场龙卷风终究还是把所有人都卷进去了。

如今出征在即，他不能让无辜者为他而死，于是来找燕绥了结此事。他替周贵还清了债务，也安排女死囚替燕绥服了刑，在出征队伍中，他看到燕绥来送他，露出了无奈的微笑。

大时代背景下，人要独善其身，终究还是不可能的。

他永远也不会知道燕绥是多年前他在战场上救下来的那个小女孩，她跟周贵从来没有任何关系，她爱的是他，她了解他，所以即使是为他去做这样一件事，她也不想他有任何后顾之忧。

朱载元去了战场之后，燕绥来到了敦煌。这个时候的敦煌是个三不管地带，明政府关闭了嘉峪关，等于放弃这一带的统治，百姓们也迁徙到了关内。放眼望去，大漠无垠，人烟稀少，这倒反而好，可以静心。她住的地方是历代高僧藏经之处，如今也已废弃良久。她向佛祖发愿将会终身抄经以求朱载元一家平安，她以为过个几年，她热情消耗殆尽了，就能安然地做自己了，但没有想到这一抄就是一生。

她晚年的时候回到京城打听朱载元的消息，居然已经没有人知道这个人的存在了。有人说被皇帝杀害了，也有人说他自己归隐了。总之，他退出了这个历史的舞台。

燕绥当然更愿意相信后者，因为以他的聪明才智，怎么可能被轻易杀害。

为了不让自己忘记他，燕绥把他们的故事一五一十地写了下来，本来想公布于众的，但想想也许朱载元还在世，就不想轻易惊动他，反复思量之后还是缝进了她的经书中，和历代高僧的收藏一起掩埋了起来。她想也许千百年后有人会有机缘看到她的故事，懂得这世上有真情存在。

胡灵看完很难过，她想她和燕绥的命运是一样的，燕绥还比她好，虽然朱载元不知道燕绥喜欢他，但燕绥喜欢的至少是个英雄，她的小川呢？她连定义他都很难。

经过这件事之后，胡灵觉得自己不合适在敦煌文物研究中心待着，她辞了职，回到北京，继续做之前的老本行“直播科普历史”。

虽然还是一样的激情澎湃，但已经不像年少时那么轻狂，更多的是恬静和淡然。因为她的故事特别出色，有话剧团找来要授权，她又对话剧特别感兴趣，就参与其中，有一阵子还因为资金短缺在直播上募款。

不知道是因为她的号召力强还是粉丝多，问题很快解决了，话剧的票房也非常好，首场演出之后制作人把投资商介绍给胡灵，胡灵才发现对方居然是涂毅。

这个初恋男友，她已经有很久没见了，现在也成了社会名流。他以好朋友的身份约胡灵出去散散步，胡灵答应了。

人在成功之后往往更容易面对过去的不堪，涂毅非常真诚地表示自己当年真是渣，他太渴望成功了，也被社会“毒打”得太惨了，一旦捷径出现，连爬都愿意爬过去。

胡灵问他当年爱过自己吗，他说爱过，但也表示要是重新回到过去，他还是一文不名，他依旧会选择捷径。胡灵笑了，她觉得他坦白得可爱。

涂毅说，前半生为了往上爬伤害了很多人，如今功成名就了，就想弥补一下当年亏欠的人，要是胡灵有需要，可以随时找他。胡灵笑着说自己不会跟他客气的。

这时，一个年轻的女孩子开车来到他们面前，催促涂毅还有个晚会。胡灵惊讶地发现并不是当年那个富家千金。

涂毅笑笑道：“人为什么要成为人上人，不就是希望活得舒服一点吗？和喜欢的人在一起，做喜欢的事。”

胡灵觉得非常对。涂毅问要不要送她回去，她拒绝了，她说想一个人走走。

今年的冬天来早了，走在长安街上雪花突然纷纷扬扬，煞是好看，但不知道为什么，胡灵心里面想的是那一抹黄沙以及黄沙背后慢慢露出的少年。

小川从跟着瓦叔开始，瓦叔就拼命地改变他的感情观。瓦叔告诉他，凡是成功者都不能把感情看得太重，看得太重的结果就是失败。

瓦叔告诉小川，他的第一任妻子跟他的手下好了，被他发现后，他立马跟妻子离了婚，把她双手奉送给手下。后来妻子跟他的手下办婚礼他还去做了主婚人。他的大度换来了这个手下一生的忠心，最后连命都为他送了。他也够义气，一直养着前妻和前妻跟手下生的儿子。

他说，妻子既然变心了就不要挽回了，有什么意义？手下人才难得，难道要为了这点事喊打喊杀？打了结仇，杀了自断一臂有什么用呢？不如大大方方拱手让人，大家都好不是更好。

这次小川在敦煌铩羽而归的同时，瓦叔的日子也不好过，不知道为什么，他的各个据点，各项买卖总是一而再再而三地出纰漏，人进去了好多，生意一桩也没有谈成。所以当他看到小川为了胡灵愁眉苦脸的时候气不打一处来，他把小川拉到夜排档喝酒，一边喝一边说："我知道你心里还想着那个女人，可是自古鱼和熊掌不能兼得，既然你已经选择了来我这边，并且暴露了身份，也就注定无法再跟那个女人在一起了，与其自我纠结，不如接受事实，不然也许会像我们这一派的一位前辈一样，一辈子都活在痛苦里。"

小川没想到瓦叔还有个门派。瓦叔说："我不是跟你说过我曾经检举过我的老师嘛，他当年就是我们那个门派的掌门人，只是新中国成立之后没有门派了，他们也就当老师了。"

小川好奇地问："是什么门派？"

瓦叔说："叫'星月门'，专门收购文物、鉴定文物、贩卖文物的，偶尔也做摸金校尉，当时在运河两岸也是蛮有名的，要不是民国最后一位掌门人为情所困，坚决不去海外发展，也许这个门派还会持续到现在。"

小川好奇："一个掌门人怎么会为情所困？"

瓦叔笑了笑道："人都有弱点，这大概是她前世欠下的一个冤孽吧。哦，对了，这一位掌门人是个女性。"

民国十二年，荣雪聪十六岁，她从小跟陆家少爷陆文清定亲，按爹爹生前的意愿今年就要办婚事了。荣家是星月派的传承人，一般都是儿子继承江湖，女儿回归家庭，在外人眼里荣家就是做古董生意的大户人家，雪聪就是大门不出二门不迈的千金小姐。

要是能按老一辈的规矩来，雪聪的命运一定是和平顺畅的，但老天爷就是喜欢捉弄人，在雪聪即将出嫁的三个月前，她的哥哥雪皓突然被埋伏，生死未卜。

大家听闻消息都赶到荣家要求见大当家。左右护法实在拦不住，便建议雪聪出面解散星月门。雪聪一心想为哥哥报仇，同时也怕解散不成反成内斗，让外人看笑话，于是剪了头发，以雪皓的身份出来见人。

雪皓脸上有疤，不喜欢见人，每次出现都戴着面具，再加上神出鬼没，见过他的人不多，在左右护法的巧妙掩饰下，一场风波消弭于无形。

望着一盘散沙的星月门，想着哥哥之前对自己的好，雪聪决定要替哥哥挑起这份重担。她做的第一件事就是通知大家，说自己死了，给自己办一场葬礼，然后利用这段时间好好地学习门派内的事务，等待一鸣惊人。

雪聪是个奇才，学什么都快，不仅很快就能独当一面了，做得还比她爹爹哥哥强。这样的能耐很快就开始遭到同行的嫉妒，各路人马想方设法在她身边安插眼线，企图知道她的弱点。

有个小人物在无意中发现了她是女的，在江湖中散布开来，但没多久雪聪就在众目睽睽之下纳了一名小妾，名唤胭脂。

大家觉得从这个女人入手探听雪聪最好，便给胭脂各种金银珠宝，问她雪聪是男是女。胭脂市井出身，也不会撒谎，直接就告诉他们雪聪比正常男人还男人。

而事实是雪聪告诉胭脂，自己怕光，每晚她吹灭了蜡烛之后，就由左护法张凯来替她跟胭脂行房。这样的事几个月才一次，胭脂也没发觉。

后来胭脂就不见了，大家也不再怀疑雪聪的性别，但青春的年华就这么消耗下去了，一眨眼她就三十岁了。

三十岁生日那天她又见到了陆文清，那个原本她要嫁的男人。他有一批古董要请他们帮忙寄卖。

两人寒暄过后，聊起了雪聪。文清有些难过，雪聪心里也不好受，他俩青梅竹马，七岁认识，十三岁文清去外地念书分开，整整六年的感情，最终也敌不过她的家族荣耀。

文清离开的时候，雪聪见到了他美丽的妻子和三岁的儿子，一家人宁静而幸福。后来她常常想，要是当初她不顾一切地嫁进陆家，这样的幸福是不是也属于她呢？想想也就想想，毕竟这世上没有后悔药。

随着年龄和阅历的增长，雪聪在古董界的名气越发响亮了。她不仅卖最便宜最真的古董，也揭穿别人的假古董，常常让同行下不了台，但她本身又洁身自好，别人抓不到什么把柄，使得同行对她气得牙痒痒，但又无可奈何。

要不是因为梅溪，大家都以为她是铜墙铁壁，坚不可摧的，但是任何人生存在这个世上都会有一个人专门来对付你的。

梅溪就是老天派来对付雪聪的。

梅溪，落魄的富家公子，京剧票友，因为要卖出一大批古董而跟雪聪结识，他的谈吐、学识其实一般，但架不住人有趣好玩，便很快打动了雪聪的心。

他是她女扮男装之后第一个掀开她衣服的男人，也是第一个要带她去西安看古城的男人，更是第一个令她全情投入的男人。她迷恋他的单纯、幽默、好玩……他总是在她忙碌的时候悄然退去，在她寂寞的时候将她紧紧相拥。雪聪想，要是能这么过一辈子也是极好的。

这时，江湖中的老人下帖子请“雪皓”赴宴。雪聪打听到有人要当众揭穿自己是女人的秘密。

谁有这个能力能当众揭穿她？只有梅溪。可是可能吗？

晚上，梅溪送给雪聪一个古董珍珠披肩，据说是慈禧披过的。雪聪想他家道中落，自己帮他寄卖的古董钱还没有结给他，他哪儿来那么多钱买这么奢侈的礼物。

她问梅溪，梅溪支支吾吾，最后什么也没说。

雪聪越想越觉得梅溪被人收买了，她的心那叫一个痛啊，但她是大当家，她不能垮掉，她必须让每一个出卖她的人付出代价。

于是，她把梅溪叫到近前，没容他分辩就给了他一枪，然后把他埋在了山坳深处。

赴宴那天，她盛装出席，倒要看看还有谁来拆她的台，结果居然是胭脂。当初她一句“玩腻了”，给了胭脂一笔钱让胭脂滚，没想到是放虎归山。

胭脂大力指证她是女的。

雪聪说要当众脱衣服，但是她脱完了，要是男人的话，每个诬陷她的人都得切一根小指头给她。

没人敢。

带胭脂来的人一枪毙了胭脂，跟雪聪赔罪。

雪聪脸上笑着，脚步却有点虚浮。

怎么办？她误杀他了，她误杀了她最爱的人。

隔日，雪聪又偶然发现梅溪卖掉了一间大宅换了她喜欢的礼物给她，心中的痛就更加重了。

自此以后，雪聪开始消沉。

新中国成立前夕，星月门的人要她去海外发展，她拒绝了。

一日，用人像往常一样叫她起来吃早饭，发现她不见了。

从此，这号人物就在江湖上消失了。

很多年后有人在西安看到她，她已经白发苍苍，像个八十岁的老人，但其实那个时候她才五十出头。

瓦叔说完感慨："你说这'爱情'二字害不害人？你要是小年轻我也就不劝你了，可你都快四十岁的人了，还看不透吗？"

小川说："好，从今天起看透。"顿了顿，他又看向瓦叔，"瓦叔，你多给我几条线让我忙起来吧，我只有忙起来才能什么都不想。"

"没出息。"

瓦叔望着他醉态可掬的样子，轻轻地笑了。

瓦叔和小川推心置腹没多久，市公安局就接到了一个匿名举报电话，电话里举报人使用了变音软件，通过举报人提供的线索，在一个高档的度假山庄里，公安人员根据线报一举抓获了正在交易的多名文物贩子。

第三十章

# 十年

十年有多长，
我们普通人感觉好像是很遥远的事，
但当你专注一个人一件事的时候，
也就是一眨眼的工夫

十年有多长，我们普通人感觉好像是很遥远的事，但当你专注一个人一件事的时候，也就是一眨眼的工夫。

小川忘了是什么促使他冒着生命危险去瓦哥那里做卧底的。仔细推敲起来是他跟胡灵为了直播画作吵架那次，胡灵问他生命的意义。这确实是他从来没有思考过的。在他的世界里只有两样东西，一样是画画，那是他逃避外在痛苦的桃花源；另一样就是后来遇见的胡灵。听上去好像都是利己的，跟胡灵想把历史知识传播给每一个人的崇高理想相去甚远，所以他一直想着要做件什么样的事来证明自己的价值。

在胡灵的至暗时刻，他感觉自己完全帮不了她，甚至还会成为她发病的根源，怎么办？这时瓦哥送上门来了。

小川承认瓦哥有一套属于自己的逻辑，但这样的逻辑经不起推敲——难道物件比人重要吗？为了获得物件就要去伤害人？胡灵的例子就在眼前，身后还不知道有多少人为了他们的贪欲而受伤。文物因为人而产生了价值，怎么可以因为价值而变成害人的东西？文物在私人手里，只是一件收藏品，在博物馆却可以让所有人从中获取古人的信息，释放历史的能量。

瞧，要反驳瓦叔多么容易，但小川还是忍住了。他突然想，要给胡灵报仇，不让更多的人受到伤害。

刚刚到瓦哥身边的日子比较艰难，他有太多的看不惯，但他也没有掩饰。他觉得要是过于掩饰，反而显得有点不对劲，就干脆像一颗原石一样在他们这个圈里打磨。

瓦哥对小川很好，如自己的子侄。瓦哥常说不知道是什么缘分，看到小川就喜欢，引得很多手下嫉妒，搞事诬陷。

瓦叔当然不会听这些人的，因为小川比他们都有价值——画得一手好画，又懂历史，是一把“造假”的好能手。对倒卖文物这一行来说，有以假乱真的本事太重要了。

这十年里，小川一边慢慢地打入他们内部，获取各种信息，一边偷偷地给警察情报，抓获了很多文物贩子。但他始终没有把瓦叔交出去，因为他发现瓦叔总有源源不断的客户，看来还有他不知道的关系网，他继续卧底，要把他们一网打尽。

这十年里，他除了“卧底”以外，还做了两件事，一件是认识了白之言。白之言是一名警察，也第一个发现小川在给警方传递消息。他借着抓小川的时候提醒小川这样太危险，必须赶紧离开，但小川说这是一个公民应尽的义务。之言被小川的精神感染了，不仅陪着小川一起演戏，让瓦叔派的人顺利给小川顶了罪，还成了小川和警方联系的一个通道。

还有一件事就是陪伴胡灵。

敦煌是个文物大城市，瓦叔每年都要在这里完成好几笔交易，小川在这里熟人多，办起事来也比较方便，所以总在随行之列。每当这时候他都会偷偷去看胡灵，但从来没有让她发现过。

胡灵坐在公园发呆的时候，他就在她身后不远处，她忘记了长凳上的手机，他看到了，就拉住经过的小女孩，让小女孩把手机还给她。

胡灵家里电表没电了，他会拿着她放在地毯上的钥匙，进门拿了电卡给她充上，要是他不为她做这些事，他估计以她的性格得摸黑过好一阵子。

思浓去世那会儿，他其实是回了家的，但他嘱咐姑姑、姑父不要说他回来了，怕给胡灵带来伤害。姑姑觉得二人也不应该再有牵扯，家里有一个思浓已经造成了巨大的伤害，不能再让小川娶一个病人在家。

在这期间，小川在他医生朋友的指导下看了很多关于人格分裂症病人的恢复案例。为了让胡灵定期检查，小川套在大玩偶里拉着路过的胡灵抽奖，然后恭喜胡灵中了连续十年的体检奖。

看着胡灵慢慢恢复正常，他心里也乐开了花。

这一切他都不避讳瓦叔，正因为这份坦荡，瓦叔更加喜欢他了。

十年悄然弹指而过，小川跟瓦哥深聊之后，更加努力地投入到了“工作”中。这天，瓦哥在吃东西的时候突然感觉喉咙有点不适，据说这样的情况已经很久了，小川建议他去做个体检，结果发现是食道癌晚期。

消息走漏，瓦哥最得力也最得势的两个手下蠢蠢欲动，或互相拉踩，或赶来讨好献殷勤，宛如一出大戏般粉墨登场了。一般一个组织的崩塌都是从内讧开始，瓦叔面对此情此景，难过得不得了，小川却乐见其成。在内讧中他又协助警方抓

了好些文物贩子，这次连借口也不用了，反正哪方的人被抓都会怀疑是另一方人捣的鬼。

夜路走多了，总会遇见鬼。手下们内讧厉害，最大的受害者是瓦叔去年才娶的女人能红。能红原本是个女演员，一心想红所以给自己取了这么个艺名，结果也一直没能红，年过三十在风月场所与瓦叔一见钟情。这个女人极其有野心，大概宫斗剧演多了，现实生活中也是戏味十足，她怕瓦哥死了之后，两方势力抢地盘没人管她，专门设了宴给两方和解，一来许了二人好处，二来表示老爷子死后她会把客户名单和进货渠道一分为二平均给两人，只要两人保证她以后的生活就好。

最近双方损失也大，既然有了台阶，两个手下也就顺水推舟接受了。

可是没想到刚刚和解不到两天，又被警察抓走了一批人，丢了不少文物，两人这才觉得有蹊跷。为了抓到内奸，他们开始用排除法——即每一次买卖都只让组织内一个人知道，结果小川中了招。

能红派了熟悉的狗仔跟踪小川，结果拍到了小川和之言的照片。

瓦叔得知小川是卧底的消息震惊得久久不语，问小川怎么回事。小川目瞪口呆，但他还是冷静地表示自己并不知情，是能红找他见一个客户，他就去见了，没想到会被拍下来，更没想到这个人会是警察。

能红一听，气不打一处来，揪着小川撒泼打滚：“你撒谎，你诬赖我，老瓦，杀掉他，杀掉他。”

瓦叔脸上的表情阴晴不定。

两名手下也站能红这边，纷纷劝瓦叔干掉小川。

小川见状笑了，说：“我都不知道二位兄弟跟嫂子居然这么熟了。”

这一句话引起了瓦叔的怀疑——这两个手下一直在斗，怎么突然异口同声了？还有，他们跟能红，到底是什么时候一个鼻孔出气的？他们会不会是因为自己宠爱小川，故意联合起来铲除异己的？

就在瓦叔犹豫之际，小川说：“这样吧，既然大家不信任我，那么我退出组织，以后不再管任何组织的事。”

瓦叔还没说话，能红就尖叫说不可以，她细数小川十大罪状，要小川以死谢罪。

瓦叔说：“我们这一行没有轻易要人命的，你这是毁我们根基啊！”

能红一听急了，拿起屋里的古董就砸了起来，一边砸一边说自己忠心耿耿，瓦叔却听信外人要把整个组织毁于一旦。

在她砸第三个花瓶时，瓦叔拔枪将她打死，骂了一句：“糟蹋老祖宗的东西，死不足惜。”

两个手下见他杀了人，吓得浑身发抖，也不敢再说什么，直接退了出去。

瓦叔把一个U盘塞进小川手里说：“无论你是卧底也好，忠心也罢，你都是爱护文物的，所以这个就交给你了，好过让这一帮啥都不懂的货糟蹋了东西。”

接着，他又悲从中来，哭道：“我真的是对不起列祖列宗，

原本应该仔细筛选门人的，就算再不济也得懂历史，珍惜古董，可是如今这世道，这样的人太少太少了，要是注定天亡我也，那也得顺应天命，我是没办法了，没办法了！”

小川望着他痛哭的模样突然觉得他也很可悲，人总是会被自己的执念伤到，要是能退一步，放下执念也许就会活得轻松许多，但这个道理瓦叔是明白不了了。

人是感情的动物，十年的相处并不短，小川不想瓦叔在最后的日子还要遭遇牢狱之灾，便没有立即将U盘交上去。小川想，反正最近也没有交易，就让瓦叔安安静静走完这一程吧，毕竟他对自己是真好。

之言也理解他的想法，但有点担心他的安危。

小川说这十年哪一天不在危机中，就让我有始有终吧！

于是，小川像照顾亲人般照顾了瓦叔两个月，直到瓦叔去世。

瓦叔死后第二天，他的手下们就向小川发难了。

幸好之言早有准备，带着警察包围了所有人。

就在小川交出U盘，以为自己可以功成身退时，一个手下特别激动，拔出枪对准小川就是一枪。

小川慢慢地倒了下去，他没有感觉到痛，只是腰间有滚烫的鲜血流出来。他在想，此刻胡灵在干什么，现在是早上八点，她应该刚刚起床，洗漱完毕之后，温一壶牛奶泡她喜欢吃的无糖麦片，然后静静地享受这一份美味的早餐。她会想起自己吗？最好还是忘掉吧，这样就可以重新开始了。

之言来找胡灵的时候，胡灵刚好结束一个直播，她平静地听之言说小川的故事，听着听着就流下了眼泪。她问，他死了吗？

之言摇摇头。胡灵大大松了一口气，用力擦干眼泪望着之言说，只要人还活着，一切都不是事儿，你赶紧带我去见他。

胡灵连家都没回，背上随身包就跟着之言坐飞机来到了广州。

从走廊看过去，医院的单人病房虽然狭小，但胜在干净，阳光洒进窗户折射成道道金光，分外敞亮。之言说领导觉得小川是有功之臣，应该让他住好些。

胡灵吸了一口气，轻轻地推开门走了进去。

小川坐在窗前画画，看上去好像跟正常人无异。

胡灵走到他身边慢慢地蹲下来，握住他的手。

小川看到她很激动，想说话又说不出口，呀呀地叫了起来，泪水像缺了堤的河水般涌了出来。

胡灵看向之言。

之言说，枪伤已经好了，但伤了神经，需要做复健治疗。

胡灵伸手给小川擦干眼泪笑着说，人虽然是最脆弱的，但也是最强大的，我相信我们一起努力，他一定会好起来的。

之言点点头。

小川指着画让胡灵看，画中红日缓缓上升，被一抹彩霞包围，朝气满满。

胡灵点点头，轻轻地笑了。

尾声
敦煌有梦
最好的爱情
无非就是有共同的爱好，
携手走彼此都喜欢的路

# 壹

胡灵带着小川回到了敦煌，每天带着他复健，并且全程直播，她希望小川能获得所有人的鼓励和加油。每次她给他阅读网友留言时，小川都会轻轻一笑。一年后，他已经可以磕磕巴巴地念“胡灵”两个字了。

因为康复费用比较高，李晔主动提出可提供一部分，却被胡灵拒绝了。她觉得小川可以自己创造价值。在获得小川允许后，她跟李晔一起为小川举办了一个画展，反响不错。

李晔说起小川在学校的时候，每创作一幅画都会写创作心得，胡灵想结合画给他出一本书。在打开小川电脑的时候，她发现了一个加密文件，她问小川是什么，小川微笑地望着她。他的眼神告诉她“密码你知道，你可以看看”。

胡灵试了好久都没打开，小川没有焦急，只是温柔地望着她。胡灵忽然想到了什么，输入了自己的生日，文件瞬间就打开了。

里面是小川这十年来每一天的日记，胡灵看啊看，从白天看到了黑夜，她怎么也想不到原来他从未离开她太远……

又过了三年，小川终于能站起来了，也能断断续续说话了，他四十岁生日那天，四十三岁的胡灵怀孕了，这是上天

馈赠他们的最好的礼物。

往后的日子里，小川每日专注于绘画，而胡灵除了带孩子就是将他的每一幅画都标上了注解的文字。书和画的销量都很好，而他们的经历就是上天给予他们创作最丰盛的宝库。

世上发生的一切事都是好事，他们都坚信如此。

在小川和胡灵的新书扉页里夹着一张林徽因和梁思成一起考察建筑的照片，胡灵在照片旁边提了一行小字：最好的爱情无非就是有共同的爱好，携手走彼此都喜欢的路。

## ⁝⁝⁝ 贰 ⁝⁝⁝

电视连续剧《敦煌有梦》正在敦煌如火如荼地拍摄中，演员们问导演，这样的结局是不是太美好了，有点像偶像剧，完全不符合前面几集人性化的设定。

导演说艺术来源于生活，喜剧还是悲剧取决于你们把结局的点打在哪儿？也许打在前一刻就是悲剧了，后一刻也是悲剧，只是在这个点上，刚刚好圆满，既然人生已经有这么多苦难了，为什么不让大家在阅读和欣赏剧情的时候愉快一点呢？那也是生命里的几个小时。

又有演员问，这个故事好看是好看，但是拍三十集太仓促了，应该拍个百八十集才合理。

导演说人生那么长，浓缩的都是精华，有很多事不应该说那么透，要给观众一点留白和想象，就像一千个人眼里有一千个哈姆雷特一样，别让作者投喂你他的思想，你应该有你看完故事后独立的思考和想象，那才是故事的最高境界。

演能红的演员插嘴说，导演，小川这个人太理想化了，现实中哪有这样的男人？

导演说，有的。我们经常嫌弃自己身边的人不够优秀，但你有没有想过自己够不够优秀，凡事都有匹配一说，你要是能做到小川这样，你必然也能遇到小川。

演能红的演员继续问，那我们这种小演员也能像胡灵这样，遇到困难都能逆袭成功吗？

导演笑了，这个问题跟刚刚的是一样的，我就不回答了，开工了！

## 叁

《敦煌有梦》的小说放在书架上售卖，有些读者表示太浅薄了，也有些读者表示特别好看。记者问作者怎么看，作者说，我写的全部都是我半生的经历和所闻，写出来了怎么解读就是读者的事了，浅薄者读出了浅薄，深刻者读出了深刻，才华者读出了才华，无知者读出了无知，多好？

作者一直觉得《红楼梦》是世界上最伟大的小说，原因有三点：一，不同的人可以做不同的解读；二，真实的人性不会因为时代的更替而淘汰；三，随便从哪一页往下看都是好看的。

可惜我们没有曹公的才华和文笔，但努力和梦想是要有的，且写着吧，写了未必到达，不写就肯定没戏。

感谢读者阅读这一本在手机上写完的书，很美妙的体验，我们下一部再见！

后记一
原型
DUNHUANGYOUMENG

写作需要阅读和采访，那么塑造人物就必须要有原型，我把一堆我认为有趣又没有关联的人放进我虚构的背景下，给足他们爱恨情仇，这不得不说是一件畅快的事。好了，废话不扯了，给你们来点干货。

## 傅小川

傅小川的原型是一个演员，我至今也跟他不熟，但因为聊过几次，给我留下的印象特别深刻，便顺理成章地变成了我笔下的人物。

这个演员拍了一些影视剧也算小有名气。我对这一类“演技不行脸来凑”的演员一向都敬谢不敏，所以也没什么交集，直到后来我筹备新剧，他主动要求来参演，才认识了。当时主演已经定完，我觉得以他的咖位不会愿意来，结果他居然不顾公司的强烈反对硬是来了。我对于他这样的行为是很感激的，因此也对他有了一些好感。

但很快我发现这个人与众不同，我们平时聚会、探讨剧本他从来不参加，偶尔我叫他，可能会给我点面子过来坐坐，但也不怎么说话。我觉得演员要是不能打成一片很难演出家

人的感觉，就一直逗他，拉他出来玩，可是无论我们多么热闹、多么疯，他都是一副心情欠佳的模样。于是，我找了一天下午单独找他来聊，他告诉我他每一天都很不开心，因为事业没有起色。我顿时愣住了，一个这么好的演员居然会觉得自己的事业没有起色，这太可笑了吧？我记得我当时很直接地告诉他，人为什么会痛苦？就是才华和野心不匹配，要解决痛苦只有两个办法，一提高才华，二降低野心。可能是我说的话对他有点作用吧，他每次不拍戏的时候都会拎一壶茶来我屋里聊，渐渐地，我就明白他了。

原生家庭带来的压力使得他缺乏安全感，他渴望成功，但他又把自己的目标设得很高，几乎难以达到，这就产生了痛苦。刚开始我还开解他一下，到了后来我发现他其实明白道理，就是执念太深。在创作小川的时候，我想象和代入了对他的感觉，把他心里疑惑的部分用自己的猜想和戏剧化手法给化解了，其实这也是对自己那番口舌的一个交代吧。

小说中的小川后半部分基本上已经跟原型没有多大的关系了，但我想说每一个原生家庭的小孩都要学会自愈，你的想象永远是你的想象，勇敢一点，去求证、去探索、去寻找答案，你会发现你的父母比你想象的更爱你，你的周围都是阳光。至于那些阴霾和不好的，有时候不过是你作茧自缚而已。

## 胡灵

写胡灵的时候是我人生的一个至暗时刻，想想其实蛮好笑的，为什么呢？因为我的至暗时刻好像有点多，也有点长，为来为去就为了同一件事。但我觉得不是所有的至暗时刻都是不好的，我向来信奉世上发生的一切事都是好事。上一次至暗时刻令我有了《延禧攻略》，这一次没准有更大的惊喜。但我一直没有机会把我那一刻的心态仔细地描写下来，胡灵给了我一个很好的机会，让我回顾我自己的每一次心路历程，这对我未来的写作来说也是特别有帮助的。

胡灵其实是一个结合了很多励志的人物，比如叶卡捷琳娜二世，再比如丘吉尔。看人物传记越多，越觉得有至暗时刻是平常事，越有大成者经历越多。当然，胡灵的爱情是纯虚构的，虽然很多人眼里我总在写爱情，其实我恰恰最不擅长这个，每次写爱情的时候都要强迫让自己陷入那种多巴胺疯狂分泌的情景，其实蛮不舒服的。

另外还有一个感受要跟大家分享，就是搞艺术的人不能一帆风顺，太顺了容易被环境腐蚀。记得《宫》大火后的几年，有一阵子我发现我快写不出东西来了，心里焦急得不得了，但也束手无策，不知道该怎么办。这时候来了一个至暗时刻，一下子各种情绪都回来了，写作也更精进了，所以，我经常想古人说的那句话：天将降大任于斯人也。

## 沈思浓

好多人都在说抑郁症，但真正的抑郁症患者我只接触过一次，是当时跟我同行的一位电视台的姐姐，她整天嘻嘻哈哈像个开心果，完全觉察不出有任何异样。直到有一天，我突然感冒了，她说她有感冒药就给我吃了一颗。结果那一晚我一宿没睡，亢奋得上蹿下跳的，还一个人打车去夜市又吃又按摩。第二天她才告诉我，她拿错药了，给了我抗抑郁的药。这个时候我才知道她有抑郁症。后来没多久我就听说她自杀了，问原因，都说是钻了牛角尖。在写沈思浓的时候我也翻阅了一些案例，抑郁症其实不是情绪病，是身体出了问题，情绪只是诱导这个病发作而已。所以我没有过多地谴责李晔，但这样的病也要引起大家的重视，以避免悲剧的发生。

## 李晔

最近流行纯爱风，我也追看了一些日剧泰剧，我始终觉得情感是世界上最美好的事，无关年龄，无关身份。在写李晔的时候，其实是没有原型人物的，我更多的是靠电影、书籍、心理学慢慢去探索这样一个人。在社会日益宽容的今天，他们的生存依旧艰难，身上背负着父母的希望和社会的眼光，早已忘了自己是个人，人生的时间有限。我很想借着这个故事告诉他们，要勇敢活出自己。但笔走到结局，我突然不想给李晔结局了，因为书里再美好也是书里的，世界还是一样，

所以李晔无解，他得靠他自己从桎梏里走出来。

## 傅山

傅山原型是一位比我略大一点的大哥，他特别好的时候很关照我们，后来因为有更大的梦想出了一些资金上的状况，导致了很多人对他产生误会。我其实跟他没那么熟，但我跟他太太熟，他们都是极好极善良的人，总是想怎么帮助别人，到最后理想太大，想要帮助全人类，结果导致了失败，也导致了各种误会。但我始终觉得天无绝人之路，只要发心是好的，未来必定光芒万丈。有一年我去美国参观了他的新工厂，他跟工人同吃同住，特别简朴也特别乐观，他让我非常坚定地相信他可以成功的。傅山这个角色没有他坚强，属于被生活打垮的，这样逆反是故意的，毕竟成功属于少数人，同时也为了更好地塑造小川。

## 杨佩筠

我有一个朋友，有一次她请我去看她的话剧，我便欣然前往。我这位朋友演技好极了，赢得了全场阵阵掌声，当我捧着花去后台看她的时候，见到了这样一幕：她一边卸妆一边跟女一号打招呼，女一号哼了一声，从她身边走过，看都不看她一眼。我那个朋友瞬间眼泪就下来了。其实佩筠的性格跟我朋友不像，佩筠跟现实妥协过被岁月打磨过，但我朋

友是个杀伐果断的人，可不知怎么的写到杨佩竒的时候还是想到了她。

## 拾翠

我是同情拾翠的，其实也更同情自己，因为我们都终将老去，终将被新一代取代，终将带着满腹的才华沦为别人嘲笑的对象。关键是我们还嫉妒、痛苦、挣扎……然后无可避免地被淘汰。我本来想细细地写写她，但又觉得我写的并不客观，于是剥离了她的性格，用她对故事的态度虚构了一个激情故事。这个故事不仅仅是给读者看，也给自己看，提醒自己未来必然的结果，和必须要做到的懂得和想通。

还是非常爱拾翠的，一如爱我自己一样。

## 瓦叔

我有一个长辈，无论做什么事都觉得自己是对的。年轻的时候他吃了很多苦，获得了一些成就，从此他就觉得这一套是有用的，几十年如一日地不改变，后来就越来越不好。他没有觉得时代变了，自己做事的方法不对了，反而责怪运气，渐渐地，变得很偏激。但唯独对我很好，开放他平时都不允许别人进去的书房给我参观，允许我借阅他视若生命的古籍，尽管很多认识他的人都不喜欢他（我也不太认同他的观念），但我还是一直尊敬他，常常抽时间陪他说话、玩耍。这次瓦

叔这个人物借鉴了他身上的一部分特质和发生过的事，故事和经历纯属虚构，毕竟他是个奉公守法的好人，跟小说中的瓦叔完全不相干。

## 涂毅

涂毅的原型是我一个朋友的男朋友。当我得知他们在一起时，有些惊讶，有些替自己朋友不值，因为那个男孩吃她的、住她的，还跟她借钱，并且用跟她借来的钱给她买礼物讨她欢心，但是依然对她不好，只要事业不如意，或者我朋友对他稍加管束就玩失踪，把我朋友急得半死。我常常提醒她不要失去自我，他不理你，你也不要理他，看他怎么办。果然，在我没收朋友的手机不到半天，那个男孩就过来道歉求和了。

但后来，他们还是分手了，男生甩了我的朋友，跟另一个女孩好了。因为他很会做人，周围关系维持得比我朋友好，所以大家都觉得问题出在我朋友身上，只有我，因为看到过她深夜的痛哭，看到她那么温柔的一个人，在夜店用酒瓶砸倒一个跟她男朋友亲热的女孩。我告诫我的朋友分手了就不要再理他，但女孩子总是心软，他们又做回了普通朋友。我无意定义别人的好坏，现实也跟故事并不相同，我只是在想，很多年后的某一天，当他回顾自己的这一生时，会不会对这个女孩有一丁点儿的愧疚呢？我不知道，但我的想象让涂毅帮我完成了。

# 后记二

# 催眠

**三年前，我阅读了布莱恩魏斯的《前世今生——生命轮回的启示》，对催眠产生了浓厚的兴趣。**刚好一个朋友认识一个催眠大师，姑且叫她L吧，我便跟她预约了一次催眠。

据L所说，催眠需要一个安静的环境，她希望我去她的工作室。但她的工作室实在是太远了，所以我找了一个环境还不错的酒店开了一间房，把她邀请了过去。

那时候我对催眠一无所知，很怕会遇到骗子，便在去之前把家里的钥匙给了好友，并嘱咐他万一那个老师带着我来家里取钱一定要阻止我。

朋友觉得很好笑，他说你既然那么害怕，为什么还要去？

我说我太好奇了，好奇心已经战胜了害怕。

来到预订的房间很出乎意料，老师居然是一个清瘦且恬静的慈祥女子，她先跟我交谈了半天，问我有什么心理问题。其实我是没有的，但是怕她不给我催眠，我硬是编了一些心理状况给她。

接下来就开始正式催眠了。

她让我躺在床上，全身放松，然后根据她的引导来进行脑部活动。她问我有没有看到前面有一束光，我回答看到了，她要我往里进去。很奇怪，我怎么也进不去，心里不由得又

急又躁。她让我放轻松慢慢来。终于我感觉自己临空在天上，不断地往前飞，眼前是大片大片的桃花闪过。

**老师问我，你是谁？**

我脑海里想，我哪儿知道？但我嘴里居然说了一个名字。因为催眠是清醒的，所以我自己也吓了一跳，接着画面就没了。

我起身上了一次厕所再接着催，在那之后我还看到了很多画面，有古代的也有现代的，很多我都记不清了，只记得有一幕是一个白发苍苍的清朝老太太在下人陪同下准备开一个柜子，她手一碰柜子现实中的我就哭得不行，如此反复三四次，我一次比一次哭得伤心。

老师问我柜子里有什么，我依然是不知道的，嘴里却说着骨灰盒。

老师觉得时间太久了不能再催了，于是高声呼唤我的潜意识，要我的潜意识帮我疗愈我身上的一切问题，接着就结束了。

说实话，除了突然哭泣和嘴里说出脑子里不知道的答案有点神奇外，其余更像是你在她的引导下去想象。

我也了解到其实催眠属于心理治疗范畴，是一种专业的心理暗示手法。

只是这个行业鱼龙混杂，没有特别权威的认证还是不要去轻易尝试，以免上当受骗。

我为什么在这本书里叙述这样一段经历呢？因为在写作

过程中，我一直把古装的部分当作男女主角的催眠疗愈，小川因为史小玉的故事而了解父母，治愈童年；胡灵因为玉英和翠枝的故事懂得了谅解；香漪和莲修的故事告诉他们要珍惜，因为在不在一起不是彼此相爱就能决定的，还有各种其他因素；燕绥和载元的故事是小川提醒胡灵表面看到的不一定是真的，暗示了他卧底的身份；最后雪聪的故事告诉所有人，凡事不要只看表面，错过了就回不去了……你可以觉得这些都是他们的前世今生，也是我在小说里埋的梗。

有些人看完这本小说觉得它是一部百万字巨著的故事梗概，很多过程描写得过于简单了，但这就是这本小说的特点，最近我在苏州采风，认识了一位玉雕大师，他雕的东西都极简极少，但给人想象的空间却很大。这就是所谓的留白。

《敦煌有梦》的留白处很多，期待我和我的读者们一起来畅想、感悟，要是哪一天我要把它拍成连续剧，我会把所有的缝隙都填满，但愿会有这一天吧！